ハーメルンの笛吹きを追え！

ビル・リチャードソン［著］
代田亜香子［訳］

After Hamelin

白水社

ハーメルンの笛吹きを追え！

Bill Richardson
AFTER HAMELIN
Originally published in Canada by: Annick Press

Japanese translation rights arranged with Annick Press, Ontario through Japan UNI Agency, Inc., Tokyo

目次

伝説

『ハーメルンの笛吹《ふえふ》き』はとても古いお話です。少しずつちがうお話がたくさんありますが、まだらの服を着たふしぎな笛吹きが、ハーメルンの町にやとわれてネズミを退治《たいじ》したという点は共通しています。町の人たちが約束《やくそく》どおりお礼をはらわなかったので、笛吹きはしかえしをします。笛を吹いて町じゅうの子どもたちをつれさってしまったのです。ところがひとりだけ、笛の調べについていくことができずに、町に残された子どもがいました。

この本はその子どもの物語です。笛吹きの伝説《でんせつ》が生まれたのは中世《ちゅうせい》で、ハーメルンという町はいまもドイツにあります。けれども、この物語はそういった事実とは関係がありません。ここではないどこかで、いまではないあるときに、くりひろげられる物語なのです。

現実と夢のあいだにはもうひとつの世界がある。想像してごらん。

――アントニオ・マチャード

第1部　むかしむかし

1　わたしのこと

わたしはペネロピー。こんなにおぼえやすい名前なのに、この村の人たちはすっかりわすれてしまったらしい。「ハープだらけの家に住む変わり者のおばあさん」。大人たちはわたしをそう呼ぶ。子どもたちはみじかく「ハーピー」という。「傷顔《きずがお》」なんて呼んでからかう男の子たちもいる。

「ハーピー、ハーピー、傷顔やーい！」子どもたちは、丸石をしきつめた通りでわたしの姿を見かけると、いつもわめく。混雑《こんざつ》した市場《いちば》では、わたしの手押し車にわざとぶつかって、オレンジやタマネギをぶちまけて走りさる。

とびきりの悪党《あくとう》はメロンというガキ大将《だいしょう》。先頭に立っていじわるなやじをとばすのはメロンだ。

ハーピー、ハーピー、傷顔やーい、くっちゃくちゃのちぢれ髪《がみ》
ハーピー、ハーピー、みにくい姿はまるでクマ

まったくうんざりする。関節《かんせつ》がひりひり痛む日や、わざと杖《つえ》をけられた日などとくに、子どもたちをネズミにしてしまう想像《そうぞう》をしてうきうきする。やろうと思えばやれる。その気になれば。たぶんやるだろう。そう遠くないいつか、ほんとうにやるつもりだ。

「ハーピー、ハーピー、傷顔やーい！」子どもたちがわめく。この子たちにしっぽとひげが生えて、

ピンクの小さな鼻をぴくぴくさせていたらどうだろう。いつかその子ネズミたちを檻《おり》にいれて、本物《ほんもの》のハーピーを見せてやる。そうすれば、ハーピーとわたしがにてもにつかないとはっきりわかるだろう。百聞《ひゃくぶん》は一見《いっけん》にしかず。本物を見るのがいちばんだ。そうすれば行儀《ぎょうぎ》の悪さもなおるだろうから、だれも文句はいえないはずだ。

「ハーピー、ハーピー、傷顔やーい！」わたしには子どもたちの声はきこえない。見えるのだ。近づいてきたときにくちびるを読む。なにしろもう百一歳になるけど、ありがたいことに目はしっかりしてるから。百と一歳！ 耳がきこえなくなって九十年がすぎた。ふつうの人の一生よりも長い年月だ。そのあいだずっと、わたしはこの目をとおして世界をきいてきた。語りたくても語りつくせないほどたくさんの物語を見てきた。

これから話すのは、わたしがけっしてわすれることのできない物語だ。どうしてもいま、話さなければならない。まだ記憶《きおく》がぼんやりしていない、いまのうちに。近ごろ、どんどん記憶にかすみがかかってきた。ついゆうべも、寝るしたくをしていて「くし」という言葉《ことば》をわすれてしまった。髪をとかしているところだった。この年《とし》にふさわしくまっ白で、びっくりするほどふさふさしていて、まとまりにくい。わたしは鏡台《きょうだい》の上をさがした。つまり、くしをさがした。だけど見つからない。どこへいったんだろう……は？ 「くし」という言葉がはいるべきところが空白になってしまった。

ほかの言葉ならいくらだって思いついたはずだ。ゾウ、バナナ、ナイフ、欄干《らんかん》。でも、必要な一語が見つからない。わたしは深呼吸《しんこきゅう》して目をとじた。そのうちにそれはもどってきてくれた。くし！ 出てこなかったのはほんの一秒かそこいらだ。もちろん、これぐらいのことはだれにでも起こる。若い人だって、どわすれする。でも、わたしはあせった。頭をふって、目をあけ、鏡《かがみ》をのぞきこんだ。すると、なにやら黒くて、濃《こ》い影のようなものがそこにうつっていた。それは部屋《へや》を横ぎり、ドアの下からするっと出ていった。それがいってしまうと、部屋のなかがひんやりした。

朝になった。太陽がのぼると、なにもかもが真鍮《しんちゅう》のようにぴかぴか光る。あたたかい日なのに、影が残していったさむけをふりはらうことができない。あれはただとおりかかったわけじゃない。ちゃんと目的があるはず。警告《けいこく》だ。それくらいのことがわからなくては百一歳まで生きられない。それはわたしにこう告げている。ペネロピーよ、そろそろ書くべきときがきている。おまえがどこへ行き、何を見てきたのか。おぼえていることをぜんぶ。だからわたしは書くことにした。さあ、はじめるとしよう。

2　最後にきいた音

何十年もむかし、この耳が最後にきいた音のことはよくおぼえている。やさしく、悲しい音。十一歳の誕生日《たんじょうび》をむかえる前の晩だ。ネズミがいなくなって三か月がたっていた。わが家のでぶ猫スカリーワグルは、落ちつきがなく、退屈《たいくつ》していた。スカリーはわたしより二歳年上で、ネズミたちが笛の音でどこかへつれていかれてしまうまでは、ちゃんと仕事があった。いつだっておもちゃにするネズミがいた。ネズミ、ネズミ、ネズミ。チーズや教会、お祭りやフレスコ画で有名な町はあるけど、ハーメルンはネズミで知られていた。ネズミが美しいからでも、すばしっこいからでもない。頭がいいからでもない。ただ、びっくりするほど数が多かったというだけだ。ネズミはいたるところにいた。食料貯蔵庫《しょくりょうちょぞうこ》にも、教会の聖具室《せいぐしつ》にも、納屋《なや》にも。ベッドの下にも、塔《とう》の上の時計にも、えんとつの煙出《けむだ》しにも、壁のうしろや穴のなかにも。見つけようと思えば、どこでも見つかった。

ネズミ、ネズミ、ネズミ。「ネズミ襲撃《しゅうげき》」前のことはだれも思いだせない。ネズミの異常発生《いじょうはっせい》のことを、みんなはそう呼んでいた。「ネズミ襲撃」。思いだせるかぎりむかしから、ネズミはいつもそばにいた。通りや空気と同じぐらいハーメルンの一部になっていた。

ただし、スカリーのような才能のある猫には天国だった。スカリーほど忠実《ちゅうじつ》な見はり番はいない。朝も昼も晩も、ネズミの小さな目がきらっと光ったり、毛のないしっぽがすっと動いたりしないか、注意をはらっていた。家の屋根の垂木《たるき》やわらぶきのあいだをネズミが走る足音に、するどく、やわらかな耳をじゅうそばだてていた。スカリーはでぶだけど、動作は機敏《きびん》だった。しかも、なさけ容赦《ようしゃ》がない。

偉大《いだい》なハープ奏者《そうしゃ》だったわたしの父さんのゴーヴァンは、スカリーをほめたたえる歌を作った。

スカリーほどの猫はいやしない
ぐずぐずのろのろしやしない
スカリーに見つかりゃいちころだ
今日も朝からいざ出陣《しゅつじん》!
えものの記録をふやすんだ
爪《つめ》と歯むいたら、いっちょうあがり
ヘイホー! スカリーワグル、ネズミ捕《と》りはおまかせ
ハイホー! スカリーワグル、ネズミのおやつににんまりだ

「スカリー、変わっちゃったね」わたしは母さんにいった。母さんの名前はエバ。その晩母さんは、わたしのベッドのわきにすわっていた。十歳最後の夜。耳のきこえた最後の夜。スカリーはいつもどおり、わたしが頭をのせている枕の横にいた。そうして夜のあいだに少しずつずり上がっていき、わたしの頭のてっぺんあたりに移動するのがくせだった。まるで足が四本生《は》えたかつら。姉さんのソフィーは、ぶち猫ぼうしと呼んでいた。

「変わった？」母さんはにっこりしながら、かがみこんでわたしにキスし、髪《かみ》をなでてくれた。あのころ、わたしの髪は赤くて、ちっとも思いどおりにならなかった。きつく編《あ》みのおさげにして、いうことをきかせようとしたけれど、勝手《かって》ほうだいで、おとなしくなんかしやしない。ちぢれた毛先があちこちからはみだし、まるで破裂《はれつ》した豆のさやのようだった。母さんは、わたしのやんちゃなおさげを一本もちあげて、リボンで、ふとっちょスカリーをくすぐった。スカリーはどうでもよさそうにリボンを足でたたくと、いびきみたいに低くのどをならし、そして目をつぶった。

「気づかない？　すっかりにぶくなって、さびついちゃってるみたい」

「ペネロピー、スカリーは十三歳なのよ」

「姉さんも同い年だけど、だんだん元気になってくじゃない」

ぱっとしないわたしにくらべて、ソフィーはきれいだった。ちょうど胸《むね》がふくらみだしたころで、そのことに有頂天《うちょうてん》になっていた。いっしょうけんめい努力してもらったごほうびみたいに自慢《じまん》していた。石だらけの畑をたがやしてトマトを実らせたみたいに。

なまいきな口をきくわたしには、わざと取りあわずに母さんはいった。「猫にとって、十三歳はおじいさんにあたるの。ずっと子猫のままってわけにはいかないわ」

「わかってる。でも、年をとっただけじゃなくて、なんだかさびしそう」
「ネズミ退治《たいじ》をしているときは楽しくていきいきしていられたのよ。『ネズミ襲撃』がおわって、失業しちゃったのね。人間と同じで、きっと猫も仕事がないのはつらいんじゃないかしら」

母さんは精《せい》いっぱい明るくふるまっていたけれど、どことなく悲しげだった。母さんの声には、いつも悲しみがひそんでいた。母さんはふりかえって、ドアのむこうのキッチンのほうを見た。父さんが暖《だん》炉《ろ》のそばでいすに腰《こし》かけている。わたしの誕生日は七月八日だから、もう夏だ。その晩は暑いぐらいだった。それでもまだ父さんは寒そうだった。病気になってからというもの、父さんの体にはいつもさむけがつきまとっていた。炉ばたで体をまるめた父さんは、ひざの上に小さなハープをかかえ、テンポの遅い、もの悲しい調《しら》べをかなでた。母鳥が巣にもどってくると空っぽだった、という曲。わたしのかわいいひな鳥たちよ、どこへ行ってしまったの?

ソフィーは窓辺《まどべ》にいる。沈む夕日に照らされて、最高にきれいだ。立ったまま、ヤナギのかごを編んでいた。百一歳になってもぜんぶおぼえている。部屋《へや》のようすが、まるでいまそこにあるみたいに、ありありと目にうかぶ。目の見えないアロウェイが、師匠《ししょう》のとなりの背の低いいすにすわっている。父さんに弟子《でし》いりして、そのままわが家で暮らすようになった。もうすっかり家族の一員だ。父さんが痛みにため息をついて演奏《えんそう》を中断する。アロウェイが父さんからハープを受けとり、とぎれた調べを再開する。ぜんぶおぼえている。耳がきこえた最後の晩がどんなだったか。母さんがわたしにむきなおって、キスをしてくれた。五回。おやすみの儀式《ぎしき》だ。おでこ、ほっぺ、あご、ほっぺ、おでこ。母さんはこれを幸運の輪《わ》と呼んでた。毎晩、キスのおまじないで天使の国のドアをあける。くちびるがひたいにふれたとき、まゆげに涙《なみだ》がひとつぶ落ちた。

「母さん？」

「しーっ。なんでもないの。へんね、涙が出るなんて。かわいい娘の十歳最後の晩なのに悲しいわけがないじゃない。ペネロピー、あなたにとってあしたはたいせつな日なの。いいことだけ考えるのよ。さあ、おやすみなさい。いい夢見てね」

わたしは目をとじた。夜の音に耳をすます。外ではコオロギがないている。遠くでナイチンゲールの声がする。馬車がガタガタとゆっくりとおりすぎていった。耳元ではスカリーがゴロゴロいっている。火にかけたやかんのシュンシュンという音が眠気《ねむけ》をさそう。暖炉のまきがはじける。アロウェイのゆったりした演奏に、ソフィーのやさしい歌声がかさなる。

夜がやってきました
生きとし生けるものが眠るとき
ほらほら、お母さんツグミも
自分の巣にもどりました
おやおや、お母さんツグミは
ひな鳥をさがしています
かわいいふわふわの小鳥たちは
とび去ってしまったのです
かわいいふわふわの小鳥たちは
お空へとんでいきました

悲しくて胸《むね》がはりさけそう　死んでしまいたい
お母さんツグミはなげきます
お母さんツグミはうたいます、世にも悲しいお別れの歌
歌はこだまします、ここにも、あそこにも
やがてお母さんツグミは翼《つばさ》の下に顔をかくし
　さいごの涙を流します

猫、コオロギ、馬車。暖炉、ハープ、家のなかの音。わたしがこの耳できいた最後の音。朝が来たら何もかも変わってしまう。わたしの世界はしんとする。もう二度と、十歳にはもどれない。

3　なわとびと十一歳の儀式《ぎしき》

百一歳にもなると、過去のほうが未来よりおもしろくなる。ひとつには、過去ならたっぷりあるから。百一歳にもなると、未来があまり残されていないことに気がつく。

ひっきりなしに過去のことを考えている。いまよりむかしのほうがよかった。そう信じているだけかもしれないけど。どれほどたくさんのものを失ってしまったかを考えると悲しくなる。なわとびもそのひとつ。少女のころ、みんなでよくなわとびをした。ナンにエルフレーダ、ブリギットにニューリン。ペトラ、オスマナ、ニノ、レイン。みんなのことはよくおぼえている。赤いほっぺ、とびはねるおさげ、

すみきった歌声。なわとびをしながら、だれもが知っている歌をくちずさんだ。

ニップとタックは仕立屋で
ディップとダックは船のりだ
塔《とう》のまわりをぴょんぴょん、ぴょんぴょん
そしておうちに帰るんだ！

なわとび歌は体にしみついていた。ひとりでとぶときにも、みんなでとぶときにも、うたった。前とび、うしろとび、技《わざ》とび、ふつうとび。いつもかならずうたっていた。

公園のまわりでぴょんぴょん
小屋のまわりでぴょんぴょん
台所のまわりでぴょんぴょん
ベッドのまわりでぴょんぴょん
旗《はた》ざおのまわりでぴょんぴょん
お店のまわりでぴょんぴょん
ぴょんぴょん、ぴょんぴょん
落っこちるまでぴょんぴょんはねろ！

母さんや、母さんの母さんが娘のころにも、これと同じなわとび歌をうたっていた。古くから伝わるすてきな歌だ。いまではもうわすれさられてしまった。手押し車につかまって市場を歩いていて、なわとびをしている女の子を見かけることはある。でも口もとが動いているようすはない。近ごろの子は、だまってなわとびをする。あの子たちに、むかしはどんなふうになわとびしたか話してきかせたい。わたしはハーメルン一なわとびがうまかった、と。子どものころは、千回つづけてとんでも息ぎれひとつしなかった。すっかり話せたらいいのに。なわとびのことだけではなく、ほかにもいろいろ。でもきっと笑われるだけだろう。いつまでも過去に生きてるおいぼれハーピーのたわ言だと。

たしかにそのとおりなのかもしれない。わたしの子ども時代にくらべて、いまの少女たちは、いろんな意味でめぐまれている。たとえば、ネズミの大群といっしょに暮らすことなどありえない。学校へもかよえる。わたしのころは、男の子しかかよえなかった。女の子で文字が読めるのはめずらしかった。ソフィーとわたしは読めた。母さんは子どものころ父親に反抗《はんこう》してまで読み方を身につけたから、娘たちにもおぼえさせようと心にきめていた。家が学校で、両親が先生だった。友だちでアルファベットをそらでいえる子はまれで、自分の名前も書けなかった。

ふつう、読み書きを習うのは男の子だった。算数や地理を勉強するのも、男の子だった。女の子の特権《とっけん》といえば、なわとびと十一歳の誕生日《たんじょうび》におこなわれる「イレブニングの儀式《ぎしき》」だけだった。

イレブニングの儀式といえば有名だ。いまでも女の子の十一歳の誕生日にやっているけれど、ずいぶん変わってしまった。いまではパーティーをひらいてケーキを食べる。ケーキの上にアイシングで運勢《うんせい》が書いてある。「しあわせになれるでしょう」、「とびきりの美人になれるでしょう」、「なんでも好きなことができるでしょう」。そんなケーキが並んでいるのを、パン屋の窓からよく見かける。するとわたしは悲しくなる。だって、わたしが子どものころのは、できあいの幸運をしるしたケーキを食べるだけでなかったから。どんなにその日がまちどおしかったことか。大人の女性の仲間《なかま》いりをする日。それこそお祭りさわぎだった。そして、カスバートのもとへつれていかれるのもその日だった。

カスバートは、森の奥ふかく、そまつな小屋でひっそり暮らしている賢者《けんじゃ》だ。唯一《ゆいいつ》の相棒《あいぼう》はユリシーズという三本足の犬。お客さんといえば、十一歳の誕生日をむかえた女の子とその母親だけ。カスバートは、少女たちの未来をうらなった。カップに残ったお茶の葉を見つめ、手相《てそう》をみて、水晶玉《すいしょうだま》に答えをきく。カスバートは未来が見えるということだった。おとずれた少女のひとりひとりに、将来《しょうらい》がどうなるかを教えた。生まれつきそなわっている才能《さいのう》、世界じゅうでその子だけにそなわっている特別な才能が何かを教えた。自分の才能がなんなのかきくこと、それが、イレブニングのもっともたいせつな儀式だった。何世代《なんせだい》も前から受けつがれてきたものだ。

「何歳なの?」もうすぐ誕生日というある日、わたしは母さんにきいた。

「カスバートのこと? さあ、年はとらないんじゃない」

「そんなわけないよ」

「カスバートならふしぎじゃないわ」

「わたしのイレブニングの前に死んじゃったらどうしよう?」

「ペネロピー!」

「だって、わかんないでしょ」

「ありえないわ」

「母さんのイレブニングのときのまんま?」

「ちっとも変わってないわ」

「で、あたった？」

「何が？」

「母さんの未来や才能のこと」

「何度同じことをきくの」

「もう一度話して！」

「よろこびと悲しみの両方を知ることになるといわれたわ」

「そうなった？」

「どちらも少しずつ。人なみにね」

「それから？」

「非凡《ひぼん》な才能をもつ子どもの母親になるといわれたわ。それからがまん強いともね。たしかに、この才能にめぐまれてほんとうによかったわ。だって非凡な娘のひとりに質問ぜめにあっているんだもの」

非凡な才能。ソフィーにはある。きれいだし、歌声は天使のよう。だけどわたしには得意なものがあまりない。ハーメルンでいちばんなわとびがじょうずなことのほかには。それがわたしの才能？　なわとびが？　まさか。そんなのは才能のうちにはいらない。どうでもいいことだ。

五たす二は七
二たす九は十一
カスバートはなんていう？

わたしのたいせつな日に

イレブニング。当時の女の子ならだれもがそうだったように、わたしもその日がまちどおしくてならなかった。毎晩、その日のことをあれこれ想像した。未来が見えてこないかと目をこらした。そのあとに起こったできごとのうち、ほんの少しでもそのときにわかっていたら、時間よ止まれと祈《いの》ったのに。でなかったら、わたしをむかしにもどしてと祈ったはず。けれど、ときは流れていった。いつのまにかわたしのイレブニングの日はやってきた。

4　ハープ奏者《そうしゃ》の娘

ツガの木、ブナの木、サクラの木
弦《げん》をはってしたくをすれば
カシの木、トネリコ、ポプラの木
すてきな歌をかなでてくれる
ぴょんぴょんはねろ、ハープひきの娘
ぴょんぴょんはねろ、散歩の道を
ぴょんぴょんはねろ、ハープひきの娘
ぴょんぴょんはねて、おうちに帰れ！

わたしはハープ奏者の娘だ。思いだせるかぎりむかしからわが家では、ハープの弦をかきならす音が、お皿のぶつかる音やドアがしまる音と同じぐらいよくきこえていた。父さんの右に出るハープ奏者はいないと、だれもがみとめていた。祝宴《しゅくえん》、お祭り、国の行事。どんな催《もよお》しでも、ハープ名人のゴーヴァンがいないとものたりなかった。

父さんの名声は遠くまで伝わっていた。世界じゅうから、父さんに弟子《でし》いりしたいという若者が集まってきた。うちの屋根裏《やねうら》には、つねにだれかが住みこんでいた。ホームシックにかかって、寝言《ねごと》をいう若者もいた。夜中に目がさめると、悲しげなうめき声がきこえてくることもあった。イタリア語、スペイン語、ウェールズ語、ポルトガル語。「ネズミ襲撃《しゅうげき》」にも、若者たちはひるまなかった。父さんにハープをならうためなら、ネズミにくつをかじられたり、弦をかみきられたりするぐらいなんでもなかったらしい。ハープ作りも教わっていた。父さんの作るハープは有名だったから。あちこちから集まった若者たちは、才能《さいのう》と熱意《ねつい》にあふれていた。でも、どんなにすぐれた若者も、父さんのように本物《ほんもの》の音をハープに出させることはできなかった。それにどんなに努力しても、父さんが作ったようなすんだ音色《ねいろ》の出るハープは作れなかった。マエストロ。弟子たちは父さんをそう呼んだ。マエストロ。父さんには、木から音楽を引きだす魔法《まほう》のような力がそなわっていた。だれにも、父さん自身にも、バルサムやブナやモミの木のなかにどうやってメロディーを呼びおこすのか、わからなかった。

父さんはわたしにいったことがある。「生まれもった才能というのはふしぎなものだ。あまりあれこれ疑問に思わないほうがいい。それを受けいれて、活《い》かすことがわたしたちのつとめだ。もちろん、ありがたいと思わなければいけないよ。感謝の気持ちをわすれてしまったために、多くの才能がしぼんでしまったからね」

「でも、ひとつも才能がなかったら？」

「だれだってひとつは才能があるものだよ」

「じゃ、わたしのは？」

父さんは笑った。

「もうじきわかるよ。イレブニングをむかえれば、おまえは大人の女性だ。そして、時間はとぶようにすぎて、あっというまに結婚するだろう。子どもが生まれれば、わたしはおじいちゃんだ。おまえの息子《むすこ》たちにハープを教えてやろう。木をみる目をもっているなら、作り方もね」

わたしは父さんにききたかった。「わたしじゃだめ？　わたしもハープの作り方をならいたい」と。ハープ作りこそ、ほかの何よりもわたしがやりたいことだったから。演奏《えんそう》したいと思ったことはない。父さんがかきならすハープの音色は大好きだったけど、ソフィーとちがって、わたしには音楽をつむぎだす才能はそなわっていなかった。音楽の才能はソフィーのものであって、わたしのではない。

そう、わたしが愛したのは楽器そのものだった。広い、振動《しんどう》する背、上品にふっくらとした胸《むね》、平らにはられた弦。ソフィーが、パンを焼いたりスープをあたためたりする母さんにくっついてはなれなかったように、わたしは、父さんが木をけずったりかんなをかけたりするのを、近くでおとなしくすわって見ていた。大好きな時間だった。さまざまな寸法や形の部品を作ったら、くぎをまったく使わずに組みあわせ、ひとつの枠《わく》を形づくる。塗装《とそう》用のワニスのかきまぜたばかりのにおい。羊の腸《ちょう》からとった糸をよりあわせた弦。羊の体内にあったものが天使の吐息《といき》のような音色をかなでるなんて、すごい。父さんは自分の作業《さぎょう》や弟子たちの指導《しどう》に熱中して、よくわたしがいることをわすれた。顔をあげてわたしに気づいた父さんの顔には、まずびっくりしたような、つぎに、ああそうだったというような表情がうかんだ。

「わたしのかわいいハープ職人《しょくにん》さん」父さんはよく、ふざけてそういった。わたしはいつもにっこりする。父さんは知らなかった。わたしの指がどれぐらいその仕事をしたがっているか、のみやナイフやきりを使いたがっているか。教えてほしいとたのんだことは一度もない。そんなことをしてもなんにもならないから。父さんも、弟子たちも男。ハープは男のもの。ずっとそうだった。わかっていながら、おろかな望みを胸にいだいていた。カスバート……わたしはひそかに願っていた。イレブニングの日、母さんにつれられてカスバートに会いにいく。カスバートはわたしの手のひらや目をのぞきこみ、水晶玉《すいしょうだま》の色の変化を読む。そして首を横にふってこういう。「こんな運命が見えたのははじめてだ。この子にはハープ作りの才能がある。じつにめずらしい。今日からは娘としてだけでなく、弟子として父と生活しなさい」

じっさい、カスバートの言葉《ことば》はわたしをびっくりさせるものだった。でもそれは、想像していたどんなことより奇妙《きみょう》なことだった。

5　アロウェイの到着《とうちゃく》

百一歳になるころには、いろいろ学んでいるだろう。たとえば、計画どおりに進むなんてほとんどないということ。人は、曲がりくねった道を歩いたすえにやっと、望みをかなえることができるものだ。

それがうそじゃないことは、このわたしを見ればわかる。なにしろ、わたしはほんとうにハープ職人になったのだから。そこへたどりつくまでの道のりは……それこそけっして平たんじゃなかった。

わたしのイレブニングが来るころには、父さんも、わたしたち家族もすっかり変わってしまっていた。父さんの体が少しずつこわばってきたのがはじまりだった。まず、つまさきがはれて痛んだ。やがてその痛みは足首、ひざ、おしりへと広がっていった。手指の関節《かんせつ》がどんぐりみたいにはれた。病気になる前は、ハープの弦《げん》の上を目にも止まらぬはやさでとびはねていた指。でも指がこわばるようになってからは、ジグやリールなどの軽快な舞踏曲《ぶとうきょく》は二度とひけなくなった。ゆっくりとした悲しみの歌をひくのがやっと。それすら手にあまることもあった。

父さんが病気だといううわさが広がった。イタリア、スペイン、ウェールズ、ポルトガルでは、世にきこえるマエストロの腕前《うでまえ》が落ちたと評判《ひょうばん》がたった。弟子《でし》いりを望む若者はいなくなった。アロウェイだけが父さんのもとにとどまった。アロウェイがハーメルンで生まれ育ったのは、話し方ですぐわかった。生まれつき目が見えず、両親に孤児院《こじいん》の入り口の階段におきざりにされて、はだかでなきさけんでいた。身よりのないアロウェイは、わたしたちとひとつ屋根の下に暮らしていくしかなかった。アロウェイにとってわたしたちは、たったひとつの家族だった。しかもアロウェイは、ソフィーを心から深く愛していた。

「どうしてソフィーが好きなの?」一度、アロウェイとふたりきりのとき思いきってきいたことがある。

「きれいだから」

「どうしてわかるの? 見えないのに」

「スカートのすそが床をこする音でわかる。笑い声でもわかる。ソフィーがはいってくると部屋《へや》の空気が変わるからわかる。あの歌声でもわかるさ」

「父さんは、ソフィーがうたうと岩や木も恋に落ちてしまうっていってる」

「うん。それがソフィーの才能《さいのう》さ」

アロウェイ。わが家にやってきた日のことはよくおぼえている。一月のひどく寒い日だった。太陽も顔《かお》を出さず、あたりは氷のようにひんやりしてた。ふりしきるみぞれで、通りのむこう側も見えなかった。五歳のわたしは、ノックの音をきいてドアをあけた。

「お父さんはいるかな?」

玄関《げんかん》に立っている男の人を、わたしは知っていた。ハーメルン孤児院の院長だ。院長のとなりには、ぼろぼろの服を着たやせっぽちの少年が、ずぶぬれのまままちぢこまり、寒さにふるえていた。こんな男の子、見たことない。わたしよりもっともじゃもじゃの髪《かみ》の毛は、黒くてぐっしょりぬれていた。鼻の穴からつららがぶらさがっている。目を合わせようとしたけれどできなかった。男の子の目はうつろだった。何もうつさない目。だから光を反射することもない。

母さんがスープをあげると、その子は大きな音を立ててすすった。ソフィーとわたしはテーブルの下にかくれた。父さんと院長の話し声がきこえた。

「ゴーヴァン、わたしの立場はわかってもらえると思う。この子はじき十歳になる。いつまでもわれわれのところにはいられない。ただでさえ子どもであふれかえっているんだ。そろそろ商《あきな》いをおぼえてもいいころだが、どこも引きうけてはくれないだろう」

「どうしてわたしのところへつれてきたのです?」

「目が見えなくてもハープをひけるというのは、うそじゃないんだろう?」

「盲目《もうもく》の演奏家《えんそうか》はおおぜいいます。弦をつまびくのに適した指さえあれば、視力《しりょく》は必要ではありません。しかしこの子のなかに音楽がなければ、わたしにはどうすることもできません。この子の頭や心に音楽の芽《め》がなければ、畑仕事や乳しぼりを教えられないように、演奏も教えられないのです。この子は、歌をうたえますか?」

「歌? ああ、もちろんだとも。おい!」

アロウェイは院長のどなり声がするほうをむいた。

「一曲うたってみろ!」

アロウェイはそのときまで、ひと言も発していなかった。マグカップをにぎりしめ、肩を落とした。

「ぐずぐずしないで、さっさとうたえ!」

アロウェイが発したのは、メーというなき声だった。ソフィーとわたしは、あわてて口に手をあてて笑うのをこらえた。

「ありがとう、アロウェイ」父さんはいった。

そして院長にむきなおってこう伝えた。「たしかに、すばらしい。たいした……声量《せいりょう》です。ぜひうちにいてもらいたい」

そのときから、アロウェイはうちにいるようになった。

その夜、母さんが父さんにいうのがきこえてきた。ふたりとも、ベッドにはいった子どもたちはもうぐっすり眠っていると思っていた。「なぜなのゴーヴァン? たしかにかわいい子だし、目が見えないのは気の毒よ。でもあの子の音楽の才能は、猫とたいして変わらないわ」

「あの子がここへつれてこられたことには、何かわけがある。そう感じるんだ。それに、思いもよらない音楽の才能があるかもわからない」

父さんは正しかった。アロウェイの歌をききに集まる客はいなかったけれど、そのうち少しはきれいな声で音が出せるようになった。ハープの上達《じょうたつ》はかなりのものだった。ものまねの才能もあって、アロウェイが声色《こわいろ》を使うとみんな笑いころげた。こうしてアロウェイは家族の一員になった。そして、アロウェイがわが家へもたらされたことがどんなに幸運だったかを知る日がやってくる。

6　おどるネズミの夢

夢なんてまったく見ないという人がいる。そんなのはうそだ。だれもが夢を見る。夢をよくおぼえている人と、そうでない人がいるというのが正しいいい方だ。わたしは細かいところまで思い出すことができる。ときどき、夢の記憶《きおく》があんまりなまなましくて、それが夢のなかでのことなのか、現実のことなのかわからなくなってしまう。目がさめたとたんにどんな夢かわすれてしまう人は、よくわたしのように記憶力のいい人間をうらやむ。わすれっぽい人は、損をしてるような気がするらしい。夢をよくおぼえている人たちのほうが、豊かな人生を送っていると思うのだろう。たぶん、ある意味でそうかもしれない。

でも、わすれっぽいほうがいいのにと思ったことも、正直《しょうじき》たくさんある。十歳のときそうだったら、どんなによかったか。ネズミたちはハーメルンの通りから消えてしまったあとも、毎晩わたしの夢のなかで巣を作りつづけた。いつも同じだった。目をとじると、眠りがわたしをノックする。わたしはなかにいれてやる。すると眠りはわたしのひじをつかまえて、笛吹きが来る前のおそろしい世界へと追いかえす。そこには、ネズミがうようよしている。なわとび歌のなかにまで登場したくらい。

枕の下にネズミ、くつのなかにネズミ
ヤナギにもネズミ、枝のあいだから根っこの先まで
茶ネズミ、まだらネズミ、黒ネズミ、白ネズミ
昼にもネズミ、夜にもネズミ
お皿にもネズミ、タイルにもネズミ
ガリガリひっかくでぶの悪党《あくとう》

数が多いだけじゃなかった。信じられないほどがさつで、ずうずうしかった。ハーメルンには、自分たちの好き勝手《かって》なふるまいをやめさせるような、かしこくて力のある人はいないと知っているようだった。まるで、町を征服《せいふく》した軍隊のよう。店や穀物貯蔵庫《こくもつちょぞうこ》をことごとくのっとり、家を一軒《いっけん》残らずうばって兵舎《へいしゃ》にした。まさにやりたい放題《ほうだい》。こわいものなしだった。そこへ笛吹きがあらわれた。またたくまに、ネズミは消えてしまった。

なのに、わたしの夢では別だった。夢のなかで、ネズミたちはわたしをすみへ追いやり、髪《かみ》をかじり、クローゼットへおしこみ、出口をふさいだ。わたしの足や顔の上をはい、ほっぺたに鼻をすりつけ、耳もとで秘密《ひみつ》のネズミ語でひそひそ話をした。一晩じゅうびくびく警戒《けいかい》しながら、ネズミとすごす。やが

て朝をむかえ、太陽がかがやく。母さんがわたしをそっとゆすって起こす。わたしは起きあがって、よじれたシーツをのばす。朝ごはんの食卓につくころには、ネズミがいたのは過去《かこ》の話だとよくわかっている。それでも、夢の記憶がくっついてはなれない。あんまりなまなましくて、ネズミがたらいのなかで泳いでいるんじゃないか、ティーポットのかげからこっちを見ているんじゃないかと半分本気で信じていた。いつも用心していた。ネズミがテーブルの上をちょろちょろやってきて、わたしのゆで卵をかっさらって、ボールのようにころころとどこかへころがしてしまうのではないかと。

わたしの名前はペネロピー。百一歳のおばあさんだけれど、何十年もむかしの、あの夜に見た夢はおぼえている。十歳から十一歳への変わり目の夜、見た夢。わたしはハーメルンの市議会《しぎかい》場にいた。つまり、夢のなかで。神聖《しんせい》な議会場は子どもがはいっちゃいけない場所だったから、わたしもはいったことはなかった。それなのに、自分がどこにいるのかすぐにわかった。現実には知らないことが、夢のなかではわかることがある。

たいまつがたかれていた。あたりはすすとけむりでかすんでいた。部屋のまんなかにはどっしりとしたオーク材のテーブルがあって、ごちそうの食べのこしがちらばっていた。ネズミがテーブルの脚《あし》をよじのぼり、上をとびまわってあまり物を勝手にとって食べていた。パンやケーキのかけら。肉片《にくへん》。くだものの皮にチーズ。

テーブルのまわりには七人の男の人がすわっている。議員《ぎいん》が六人と市長。市長は紫《むらさき》のビロードと白テンの毛皮のマントを、きらびやかにまとっている。市長の証《あかし》である金の鎖《くさり》を首からぶらさげている。議員たちは頭をかかえていた。全員が負けずおとらず、深いしわをひたいに寄せている。話し合いはつづいていた。市長が木槌《きづち》でテーブルを強くたたく。けたたましい音にネズミたちはちりぢりに逃げた。市長のマントをかけあがって、毛皮のぼうしのへりの裏側に避難《ひなん》したネズミもいた。そこからまるで高見《たかみ》の見物をたのしむみたいに、世のなかのようすをうかがっている。市長はふたたび、さらに力をこめて木槌を打ちならした。おしゃべりがやんだ。

「静粛《せいしゅく》に！　諸君《しょくん》、静粛に！　知ってのとおり、重要な取引《とりひき》がせまっている。緊急事態《きんきゅうじたい》に、もはや一《いっ》刻《こく》のゆうよもならない。『ネズミ襲撃』にいかに終止符《しゅうしふ》を打つか、今晩じゅうに結論をくだす必要がある。ネズミはものすごい勢いでふえつづけており、ハーメルンに人が住めなくなるのは時間の問題だ。市民はこの町を出ようと話している。手が打たれなければ、家をすてるといっておるのだ。ハーメルンからネズミを追放する思いきった方策《ほうさく》をとらないかぎり、町を明けわたすも同然《どうぜん》だ。ヤンバート議員、決議案《けつぎあん》を読んでくれたまえ」

夢のなかのヤンバート議員は、町で見なれた姿そのもので、ふとった体に、赤ら顔、壁にはげしくぶつかってつぶれたような鼻をしていた。ヤンバート議員が巻紙《まきがみ》を広げた。二匹のネズミが羊皮紙《ようひし》からころげおちる。二匹はうらみっぽくなきながら、そそくさとすみの暗がりへ逃げていった。ヤンバート議員がせきばらいをする。砂利《じゃり》道《みち》で荷馬車《にばしゃ》を引く馬のいななきみたい。

「われわれ、ハーメルン市長ならびにハーメルン市議会は、ここ最近、がまんの限界《げんかい》をこえるネズミの大量発生《たいりょうはっせい》になやまされてきたが、いよいよこの害毒《がいどく》に決着《けっちゃく》をつけることとする。これまで、ふつう役に立つ方法はことごとく失敗におわってきた。猫の軍隊が配備《はいび》され、りっぱに戦ったが、いぜんとしてネズミはふえつづけた。何千というわなをしかけ、ひとつひとつに上等なチーズのえさをつけた。それでもネズミを阻止《そし》できなかった。やすやすとわなをとびはね、チーズだけかっさらっていく。ほかにもさまざまなことをためした。進入を遮断《しゃだん》する、焼きはらう、おだてたりすかしたりする。こごえさせる、おどかす、猟犬《りょうけん》に追わせてしつこくせめたてる。それでも、ふえていく。ありとあらゆる賢明《けんめい》な方法が期待《きたい》はずれにおわったため、いっそのことばかばかしい手段をこころみることにした」

「ばかばかしい、か。そりゃまたひかえめにいったものだな」ピランという市会議員がつばをとばしながらいった。

「しずかに！　くだらんことをいうな」市長がほえるようにいった。

「おことばですが、市長、そもそもそのような考えこそくだらんものです。だまって見すごしたら、怠慢《たいまん》のそしりをまぬかれ……」

しかし、市長は怒《いか》りをこめた声でさえぎった。「先をつづけたまえ、ヤンバート議員」

「はい、かしこまりました。さきほど申しあげたように、ばかばかしい手段をこころみることにした。ある笛吹きの提案《ていあん》を受けいれようと思う。笛吹きの話では、ネズミたちをいっきに追いはらうには、音楽の網《あみ》でネズミをとらえ……」

「めちゃくちゃだ！」ピランがやじをとばした。市長は木槌をたたいてだまらせた。

「……音楽の網《あみ》でネズミをとらえ、ハーメルンの外へつれされればいいそうだ。金貨《きんか》五百枚で、二度とネズミの姿を見なくてすむようにしてやる、そう笛吹きは約束している」

「ぼったくりじゃないか！」ピランがどなった。

市議会議員たちがどうやって意見をまとめたのは知らない。夢のなかの市議会場がさけび声やじでわきかえっているころ、わたしはまっすぐ舞いあがり、屋根をつきぬけた。屋根は雲のようにふわふわしていた。高く、高く、ハーメルンの空高くうかぶ。何マイルもむこうまで見わたせる。町のまわりには亜麻《あま》畑が広がっていた。そのむこうには丘があり、丘のむこうには黒々とした大きい山々がそびえていた。町の大通りや横丁《よこちょう》を、茶色いものがざーっと流れていく。流れはふるえ、逆《さか》まいている。うねりながら、にぶい音を立てている。ハーメルンの通りという通りが、流れるようにぞわぞわ移動するネズミでうめつくされていた。何匹いるの？　とてもかぞえきれない。どんなに大きな数をいってもたりない。前のネズミと、うしろのネズミの区別もつかなかった。無数のしっぽと足とひげが集まって、ひとつの川になり、ハーメルンの学校や店や市議会場のわきを流れていく。

ああ、やかましい！　あわただしい無数の足音が、大地がゆっくりと引きさかれるようなとどろきをあげている。その上に重なるように、高い、軽快な笛の音がきこえてくる。甘美《かんび》で、テンポがはやく、さそうような音色《ねいろ》。ありとあらゆる音と雰囲気《ふんいき》をひとつにしたような調べ。ネズミたちははねたりおどったりしようとするけれど、ぎゅうぎゅうづめなので、小さな渦巻《うずまき》のようにかたまって回りながら進むしかない。

わたしは宙にうかんだまま、ネズミの洪水《こうずい》がハーメルンの外へ流れていくのを見ていた。流れは丘を越《こ》え、遠くかなたへのみこまれていく。やがてあたりは静まりかえった。気がつくと、わが家の上空だった。どういうわけか、屋根の下がすけて見えた。父さんと母さんが台所にすわっているのが見える。ソフィーがかごを編《あ》み、アロウェイがハープをひいている。それから、わたし自身も見えた。ベッドに横になっている。わたしはみんなに声をかけてみた。でも気がついたのは、もうひとりのペネロピーだけだった。ペネロピーが目をひらく。その目とわたしの目が合った。ペネロピーがわたしを引きおろす。目に見えないつり糸で魚を引っぱるようにして。わたしは自分の肉体へとはいりこんだ。そして、目をあけた。夢がおわり、わたしの新しい人生がはじまろうとしていた。

7　最初に目をさます

朝寝坊《ねぼう》は誕生日《たんじようび》の特権《とつけん》だけど、十歳ではなくなった日の朝、家族で最初に目をさましたのはわたしだった。スカリーの体がわたしの鼻と口をふかふかのマスクみたいにふさいでいた。わたしがだしぬけに起きあがると、スカリーはとびのいた。びっくりしたような、なんとも思ってないような顔で、ベッドの足もとに着地する。威厳《いげん》をとりもどすと、わたしをにらんだ。瞳《ひとみ》の色が黄色から緑にさっと変わる。それからまばたきして、ばかにしたように足をもちあげると、熱心にぺろぺろとなめた。

スカリーは侮辱《ぶじよく》されてへらへらしてたり、だまってたりするような猫じゃない。きっと、ハーッとか、ミャーッとか声をあげたはずだ。たしかなところはわからない。なぜなら目がさめたときには、わたしの耳は永遠《えいえん》にきこえなくなっていたから。耳がきこえないことに最初気づかなかったのは、まだ頭のなかで、夢できいた声がなりひびいていたからだ。市議会議員《しかいぎいん》たちのうるさいわめき声。ネズミたちの低くとどろく足音。そしてなによりも、笛吹きのかん高い笛の音。わたしは枕に頭をのせたまま、さっき見た夢のできごとを心のなかでふりかえった。とじた目の奥でもう一度それを見ていると、笛吹き男がやってきてハーメルンを「ネズミ襲撃《しゆうげき》」から解放してくれた日のことを思いだした。

四月八日のことだった。わたしの誕生日のちょうど三か月前。朝早く、役人のグリムバルトが町をまわった。一軒《いつけん》残らず家のドアをノックし、同じメッセージを伝えた。いつものように詩をよみあげるような口調《くちよう》で。当時はそうすることにきまっていた。

「本日、広場で集会！　ひとり残らず集合のこと！　かならず出席！　遅刻《ちこく》は厳禁《げんきん》！　すぐにしたくにかかれ！　市長の話は正午《しょうご》きっかり！」

「なあ、グリムバルト。市長の話っていうのはなんなんだい？」父さんがきいた。

「むだ口をたたいているひまはない！　走らんとならん！　全員に伝えなきゃならん！　いえるのはただひとつ。関係あるのは、ネズミ、ネズミ、ネズミ！」

「またか！　こんどはどんなばかげた案《あん》だろう？」父さんは母さんにいった。

ハーメルンの市民は、ネズミを追いはらう新しい計画が考えだされるたびに広場に集められていた。計画はどんどん、とっぴょうしもない、苦しまぎれのものになっていく。そのため、この四月の正午に議員たちがふたたびみんなの前に立ったとき、集まった人々はみんないらいらしていた。

「市民のみなさん。とうとうネズミに別れを告げる日がきました」市長が高らかにいった。

しかし、町の人たちはがまんの限界《げんかい》にたっしていた。みんな、やじをとばしたり、口笛を吹いたりしはじめた。議員たちは落ちつかないようすで足をもじもじさせた。市長が両手をあげて静かにと合図《あいず》した。

「本日、わが市議会は高名な笛吹きと契約《けいやく》をかわしました。甘く美しい笛の音でネズミたちを一網打尽《いちもうだじん》にしてくれるはずです」

集まった人たちから、ふたたびあざ笑う声がわきおこった。市長のひたいに玉の汗がうかぶ。

「市民のみなさん。紹介《しょうかい》します、われわれの救世主《きゅうせいしゅ》です！」市長はひやかしの声に負けないようにどなった。

市長がわきへよけると、とんでもなくふうがわりな男が進みでた。はでな緑と黄色のパッチワークのすりきれたマントに、おそろいのチュニックを身にまとい、同じ色あいのまだらもようのぼうしを深くかぶっている。顔はおもながで、ごつごつと角ばっている。ぼさぼさのあごひげを生やしていて、ぼうしのつばの下にかろうじて見える目は、うつろで、大きい。幽霊《ゆうれい》のようにやせこけ、背ばかり高くてひょろひょろしている。むこうがすけて見えそうなほど、存在感《そんざいかん》がなかった。

「ハーメルンのみなさん、こちらが笛吹きです。『ネズミ襲撃』からわれわれを救《すく》うためにやってきました」

そのころにはもう、聴衆《ちょうしゅう》はやじったり、足を踏《ふ》みならしたり、今にも暴動《ぼうどう》が起きそうだった。「よお、笛吹き！　手はじめに市長をなんとかしてくれねえか！」だれかがさけんだ。

「ふたりともまとめてつるし首だ！」別のだれかがさけんだ。

市長は、メガホンのように両手を口もとにもってきていった。「それでは、笛を吹いてもらいます！」

笛吹き男は右手に小さな笛をにぎっていた。その笛は、沼地《ぬまち》ならどこでも生《は》えているようなアシでできていた。このおかしな男がこんな小さいアシ笛を吹いて町からねずみの大群を追いはらうなんて、あんまりばかばかしくて信じられない。ビンを投げつける人もいたし、くつを投げる人もいた。「全員つるし首にしろ！　まとめてつるし首だ！」とはやしたてる者もいた。市長と議員たちはあとずさりをはじめ、人々はじりじりつめよった。笛吹きが片手をあげた。みんな思わずはっとして、ぴたっと止まった。ぎこちない沈黙《ちんもく》が流れる。笛吹きは何もしゃべらなかった。そして笛をくちびるにあてた。

あの日のことは、けっしてわすれない。三か月後の十一歳の誕生日の朝に思いだしたのは、まさにその日のことだった。わたしはベッドに横になったまま、笛吹きが笛をもちあげ、それを吹いたときのようすを思いだしていた。吹いても、音はしなかった。みんな、また演壇《えんだん》のほうへつめよりはじめた。そのとき、足もとに何かがざーっと流れていくのを感じて、だれもが下を見おろした。そのときの光景に、みんな目をうたがった。ネズミたちが移動をはじめていた。真昼の通りが、走るネズミたちであふれている。かくれ家から熟《じゅく》したくだものようにこぼれおちるネズミ、屋根やひさしから落っこちるネズミ、尖塔《せんとう》や木の上からころげおちるネズミ。ネズミたちは人間の耳にはきこえない音色にうっとりして、はねながらおどっていた。何百、何千、何万というネズミたちが、町の外へむかってきびきびと、でもゆっくりと歩く笛吹きのあとをついていく。怒りくるっていた人たちも、大よろこび。やじが歓声《かんせい》にかわる。口笛を吹き、手をたたき、さけび声をあげる。ぼうしをとばし、赤ん坊をぽーんとほうりあげる。こんなにうれしい日も、こんなにめずらしい行進もなかった。小さな笛を吹きつづける男のあとについて、ネズミたちはハーメルンから出ていった。でもネズミをうっとりさせたその音色をきいた人間は、ひとりもいなかった。

なのに夢のなかでは、きこえた。夢で空をとんでいるときに、その力強いメロディーがきこえてきた。誕生日の朝、スカリーをなでながら、夢のなかできいた軽快な調べを思いだそうとした。あんまり夢中《むちゅう》になってて、母さんが部屋にはいってきたのに気がつかなかった。体をゆすぶられてやっと、母さんがそこにいるのがわかった。母さんのほうをむくと、ぎょっとしたような表情《ひょうじょう》をしていた。母さんのくちびるが動いている。でも、音はきこえない。それから先も、二度と音がきこえることはなかった。

第2部　帰ってきた笛吹き

8　つぎはぎ伝説

年よりというものは、若い人たちに忠告《ちゅうこく》をしたがる。でも若い人たちは耳をかたむけたがらない。それは世の常《つね》だ。長年おばあさんをやっているけれど、わたしはおばあさんになったとき、自分に約束をした。忠告したくなっても、けっしてしない。さいわい、たいていはその約束を守ってこられた。ときには舌を強くかんで、いいたいことをぐっとこらえなきゃいけないこともあった。でも、おきまりの小言《こごと》を口にするのは、ほかの年よりにまかせてきた。石橋をたたいてわたれ。千里《せんり》の道も一歩から。急がば回れ。

若いときは、そういうおきまりのことばをきくのがめんどうくさいものだ。でも単純《たんじゅん》だからこそ、ないがしろにされやすい。単純なきまりごとをおろそかにすることほど、災《わざわ》いへの近道はない。もっとも、だれもが自分なりのやり方でそれを学ぶ。幸運な人は、かしこく、うまいこと災いをのりこえる。そんな人たちにとって、災いは偉大《いだい》なる師《し》ともなる。

たしかに、説教《せっきょう》はしないことにしている。でももう百一歳なんだし、たまにはその約束をやぶってもいいだろう。そこでひとつ忠告がある。一日に一度は立ちどまって、その瞬間《しゅんかん》を味わってごらん。まわりを見まわす。色やにおいや音に注意をはらう。そしてそのすべてを、自分のなかに取りこむ。その瞬間がすぎさってしまったら、次の瞬間がどんなものになるのかだれにもわからないんだから。

わたしは、何よりもそのことをよく知っている。ついさっきまできこえた耳が、次の瞬間きこえなくなった。なんの前ぶれもなく。目をさましたら、この世を知るためのたいせつな手段《しゅだん》のひとつが、なくなってしまっていた。

百一年の人生で、十一歳の誕生日《たんじょうび》ほどびっくりすることの多い日はなかった。それはたしかなのに、その日のことがほとんど思いだせない。いきなり耳がきこえなくなってひどくおどろいたうえに、午後にもっとショックを受けたせいで、記憶《きおく》がうばわれてしまった。あんまり暗い日だったから、夜になると花びらをたたむヒナギクのように、心が勝手《かって》にとじたみたいだった。その日のできごとは、よく知っている。何度もきかされた。でもそれは人からきいておぼえている話だ。長い年月をかけて、母さんや父さん、アロウェイやソフィーがしてくれた話を少しずつつぎはぎするようにしておぼえた。まるで伝説みたいに。それはこんなものだった。

母さんの話

ワッフルを作るつもりだったの。あなたの好物《こうぶつ》だから。前からワッフルには目がなかったでしょ。だから誕生日の朝ごはんに作ってびっくりさせたかったの。朝早くからこしらえるつもりだったのよ。だってすごく手間《てま》がかかるから。さいしょの何枚かはかならずフライパンにくっついてしまうし。父さんを起こさないようにそっと歩いたんだけれど、それでも父さんは目をあけた。むかしはぐっすり眠ったものなのに、病気のせいですっかり変わっちゃったのね。

「何してるんだい?」父さんはきいたわ。話すと、父さんはにっこり笑って、思いつきで歌をうたった。

いとしいいとしいペネロピー、
誕生日のごちそうは、おまえの大好物
ひと口ぱくりで、もうこわいものなし
起きたらにっこり、ワッフルがおまちかね

「さすがは父さんね」わたしはいったの。

「とんでもないよ、エバ。おまえにはとてもかなわない。この世から消えてほしくないのはどっちかな。ワッフル？　それとも体のきかない老いぼれが作る歌？」

「いやだわ。すてきな歌じゃない。ペネロピーもきっと大よろこびよ。さあ、もうひと眠りするといいわ」すっかり自信をなくした父さんの姿を見るのがつらくて、わたしはいったの。正直いって、たあいもない歌だったけど、メロディーはおぼえやすかった。わたしは廊下《ろうか》を歩きながら、その歌を口ずさんで台所にむかったの。あなたの部屋《へや》の前をとおりかかったとき、ちょっとようすを見ようと思った。どうせまだぐっすり眠ってるとは思ったけど。あなた、朝寝坊《あさねぼう》が大好きだったでしょう。ところがドアを細くあけると、あなたはぱちっと目をさましていた。胸《むね》にスカリーをのせたままベッドに横たわっていた。遠くを見るような目をして。寝ぼけているんだと思った。前にも何度かあったから。一分ほどそうして立っていたかしら。なんだかほほえましかったわ。この子もじき大人の女性になるんだと思って。あとほんの数時間で、わたしがぬった新品の白いドレスをきて、いっしょにカスバートの小屋へむかう。カスバートがあなたになんていうか、すごく楽しみだった。

父さんの歌が、まだ頭のなかをぐるぐるめぐっていた。あんたがこの歌をきいたらどんなによろこぶことか。わたしはドアを大きくあけた。スカリーが横目でちらっとこちらを見た。でもあなたはふりむかない。わたしはせきばらいをして、歌をうたった。それでもまだあなたは、まっすぐ前を見つめたま。ひょっとして、気がつかないふりをしてからかってるのかと思ったわ。でもあなたは、そういうことをするほうじゃないし。何かがおかしい。でも何が？　わたしにできるのは、もう一度歌をうたうことぐらいだった。そのたあいもない歌を、わたしは三回つづけてうたった。どんどん声をはりあげて。

いとしいいとしいペネロピー
誕生日のごちそうは、おまえの大好物
ひと口ぱくりで、もうこわいものなし
起きたらにっこり、ワッフルがおまちかね

三回めの歌がおわるころには、心臓《しんぞう》が口からとびでそうだった。やっぱり、わたしがいるのに気づいてない。わたしは部屋のなかへはいっていき、ベッドのわきにしゃがみこむと、あなたの肩をつかんで思わずはげしくゆさぶった。へんな感じだったわ。だって、あなたやソフィーの肩を怒《おこ》ってゆさぶったことなんて、一度もなかったから。だけど、わたしはあなたをゆさぶってさけんだ。「さあ起きて！　にっこり笑って！　ねえ！」。自分の声じゃないみたいだった。うろたえてるせいで別の人の声みたいだった。スカリーはびっくりしてベッドの下にかくれた。あなたはわたしのほうをむいていった。「母さん？」。そういったけど、自分の声がきこえてない。あなたはうろたえたような顔をした。自分はまだ夢を見ているんだって思いこもうとしているみたいだった。次の瞬間《しゅんかん》、わたしは思わず大声で呼んでいた、朝の空気をふるわせて。「ゴーヴァン！　ゴーヴァン！　ゴーヴァン！」。わたしはあなたを両腕に抱きしめた。まもなく、ドン、ドン、ドンという父さんの杖《つえ》の音が近づいてきた。

ソフィーの話

あと何週間かであんたの十一歳の誕生日だっていうとき、わたしはちょっとやきもちをやいていた。胸をはっていえることじゃないけど。頭ではわかっていたの。そんなふうに思うのはばかげてるって。でもどうしてもうらやましいと感じてしまう。自分にいいきかせたわ。「ソフィー、十一歳の誕生日は人生で一度きりのできごとなの。あなたのはもうおわったでしょう？　こんどはペネロピーの番。妹の幸福をいのらなくちゃ」。そしてわたしはいのったの。あたりまえじゃない。かわいい妹には世界一しあわせになってもらいたい。何もかも変わってしまう前の日に、わたしがそういったの、おぼえてる？　ふたりで庭にすわって、豆のさやをむいていたとき。あんたはいった。「ソフィーがカスバートのところへ行ったときのこと、もう一回話して」

「何回同じ話をきけば気がすむの？」

「千回」

「もっとじゃない」

「いいでしょ。もう一回」

「もうききあきたでしょ。だいたい、あしたになればあんたも自分の話ができるようになるし。きっと、人生でいちばん幸せな日になるわよ」

「うん。でももう一度ききたいの」

だから話した。もうすでにきかせた話を。わたしが、代々《だいだい》のハーメルンじゅうの女の子と同じように経験《けいけん》したことを。十一歳の誕生日の朝十一時に、母さんとわたしは家を出た。しきたりにしたがって、丈《たけ》の長い白のドレスを着て、白い花かんむりをかぶった。歩きながら地面にこすれてよごれないように、すそをたくしあげたっけ。前の日に雨がふって、道は泥《どろ》だらけだった。しきたりどおり、ハーメルンじゅうの女性たちが言葉《ことば》をかけてくれた。窓から身をのりだして笑いながら手をふってくれる人。赤ん坊を抱いたまま戸口まで出てきてくれる人。お守りやコインをくれて、道中《どうちゅう》の安全をいのってくれる人もいた。そんな縁起《えんぎ》のいい贈《おく》り物をわたしの手のなかにおしこんで、「ようこそ、かわいい妹、まってたわ」といってくれる。その言葉には、わたしが少女時代に別れを告げ、大人の女性の仲間いりをするという意味がこめられていた。そういえばパン屋のルートミラさんにからかわれたわ。「カスバートに用心しなよ、ソフィー。あんたみたいなきれいな子だと、手もとにおこうとするかもしれないから」

「よしてよ、ルートミラ。カスバートみたいなおじいちゃんが、そんなこと考えるわけないでしょ。すくなくとも千歳はいってるわ！」母さんは笑っていった。

「老いてなおさかんだってうわさだよ」

「もう、ルートミラったら。娘にかまってないで、仕事にもどったら」母さんはいった。もっともわたしは、ルートミラさんにからかわれても気にしなかったし、真《ま》に受けてもいなかったけど。なんとなく、わたしには世捨人《よすてびと》の世話をする才能《さいのう》なんてないってわかってたから。わたしの才能が何かなんて、考えなくてもわかってた。前からわかりきっていた。しゃべるようになる前から、歌をうたっていたんだもの。気づいたときにはうたってた。わたしののどには歌が住みついてる。巣にいる鳥みたいに、しっくりとなじんでる。わたしにはわかっていた。ハーメルンを出て森にはいったときにも、カスバートの小屋へつうじる小道を歩いているときにも、小屋のえんとつからけむりがあがっているのが見え、わたしたちの到着《とうちゃく》を知らせるためにユリシーズがほえる声をきいたときにも。どうなるかわかっていた。カスバートがトランプを広げる。水晶玉《すいしょうだま》をのぞきこむ。わたしの手相《てそう》を読む。わたしの目の奥をじっと見つめる。そして、わかりきっていることをいうにきまってる。それは、顔じゅうに赤い点々ができている人にむかって「はしかです」と告げるのと同じぐらいたやすいはず。

ペネロピー、あんたがうらやましかったというのは、こういうことなの。あんたの才能は未知のものだった。それをきいてびっくりする楽しみがある。大器晩成《たいきばんせい》ってよくいうでしょう。あんたがカスバートの小屋からもどってくるころには、だれも想像しなかった才能があることを知ってるんじゃないかと思ってた。ところがじっさいはちがってた。思いもよらないことが起こった。けっきょく、カスバートのほうがあんたのところへ来ることになったんだもの。母さんにいわれて、わたしが呼びにいったのよ。

「急いでね、ソフィー。ペネロピーがたいへんなの。カスバートなら薬草《やくそう》で助けてくれるはず。おまじないを知っているかもしれないわ」

「でもカスバートは、森の外には出たことがないのよ」

「こんどばかりは、出てもらわなきゃ。どうしてもよ。あの子を救《すく》えるのはカスバートだけなんだから。ペネロピーは行けないの。さあ、急いで！」

尖塔《せんとう》の時計が十時を打ったとき、わたしは石だたみの上を走り、広場を横ぎり、通りをぬけ、町の入り口の門をくぐった。

「おやまあ、ソフィーじゃないか。妹はどうしたんだい？　もうそろそろ花道を歩くころだろう？」ルートミラさんが声をかけてきた。わたしは手をふって答えるよゆうもなかった。森の小道を走る足の動きにあわせて、心臓がドキドキとはげしく打った。日なたの道を走っているうちに、やがて少しずつ木かげがふえてきた。鼓動《こどう》が頭のなかで「カス、バート、カス、バート、カス、バート」とこだましてるようにきこえた。その名前をきくたびに、わたしは心配になってきた。カスバートが小屋をほんの少しでも留守《るす》にしたなんて話はきいたことがない。そんな人がどうしてわたしといっしょに来てくれる？どうやって説得《せっとく》すればいい？ 杖をついて、家までついてきてほしいなんてたのめるかしら？「カス、バート、カス、バート、カス、バート」。小屋の暖炉《だんろ》で燃えるまきのにおいがして、ユリシーズのほえる声がきこえるころには、わたしは息ぎれがしていた。

ユリシーズのほえ声が、まるでその音楽の前ぶれのようだった。その調べは地面から立ちのぼり、木々のあいだからわきだしてきた。空からもふってきた。そしてわたしをすっぽりとおおった。網《あみ》でカナリアをつかまえるように。わたしは足をふみだそうとしたまま、ぴたっと止まった。その場にくぎづけになっていたのは一秒かそこらだったけれど、永遠にも思えた。この世のものとは思えない、奇妙な音楽が波のようにおしよせてきた。高く、甘美で、危険《きけん》なメロディー。体がほどけ、ふたたび動くようになった。でも自分の意思《いし》で動いてるんじゃない。わたしはおどりはじめた。とまらない。手足があちこちに角度をかえてぐいっと動く。まるで、突風にあおられてちょうつがいがはずれた風車《ふうしゃ》。くるったあやつり人形。糸であやつっているのは、もっとくるった人形つかい。ダンスのスピードがあがり、わたしは回りはじめた。あんまりはやく回るので、体の感覚《かんかく》がなくなり、音楽もきこえなくなった。腕《うで》と足がいれかわったような、つまさきが頭にくっついてしまったような感じがした。ひたすらふるえていた。やがてあたりはまっ暗になった。

どれくらい暗やみをさまよっていたのかわからない。わかっているのは、目をさましたとき、しあわせだった過去の時間が身の毛もよだつようなおわりをむかえていた。おそろしい未来ははじまったばかりだった。

父さんの話

「どうもあの男は好きになれん」ある晩、母さんにそういったことがある。ネズミがいなくなってまもなくのことで、だれもがしきりに笛吹きをほめたたえていた。

「どうして、よく知らない人を好きとかきらいとかいえるの？」

「あの目だよ」

「大きな目だったわね」

「大きいが、うつろな目だ」

「そうだったかしら。でもネズミを追いはらってくれたじゃない。ありがたいことだわ」

「ネズミは追いはらってくれたが、どうもいやな予感《よかん》がする」

「いやだわ。そういうのをとりこし苦労《ぐろう》っていうの」

笛吹きのことを考えると不安でたまらなくなるから、なんとかあの男のことはわすれようとした。だがどんなに考えないようにしても、すぐにわたしの心は笛吹きのことでいっぱいになった。ある日の午後、アロウェイが広場からもどってきたとき、笛吹きはそれまで以上にわたしの心のなかで大きくなった。アロウェイは市場でハープを演奏《えんそう》して、小銭《こぜに》をかせいでいた。目が見えないアロウェイを頭が悪いと思いこんでいる人が多いのにはあきれるね。アロウェイのそばで、へいきでないしょ話をする人が多いことにも。

「ゴーヴァン先生、市長は約束を守らない人間のように思えるのですが?」暖炉にあたっていたわたしに、アロウェイはいった。

「アロウェイ、いまさらわかりきったことを。市長をりっぱな人間と思ったことなど一度もないよ。なぜそんなことをきくんだ?」

「さっき市場で、市長とピラン議員《ぎいん》がしゃべっているのをたまたまきいてしまったんです。ふたりは笛吹きと話をしていました」

アロウェイの口から「笛吹き」ということばをきいて、背筋《せすじ》がぞくっとした。

「それで、わが町の長老たちは笛吹きと何を話していたんだい?」

「笛吹きはふたりにお金を要求《ようきゅう》していました。ネズミを追いはらった礼金《れいきん》です。『金貨《きんか》五百枚。そう約《やく》束《そく》したはずだろう?』」

おまえも知っているように、アロウェイはものまねがすごくじょうずだ。笛吹きの声をきいたことはなかったが、そのときのアロウェイの声も、きいていて心地《ここち》いいものではなかった。とげとげしく、何かたくらんでいるような声。人をだますことになれている者の声だった。

こんどは市長の声でアロウェイはつづけた。「もちろんだとも! とはいえ、そんな大金を手もとで保管《ほかん》しているはずなかろう。金庫と相談せにゃならんのだよ。だが、ちゃんとしはらいは約束どおりにする」

「その言葉を信じよう。あと三日まってやる。それまでに約束をはたさなかったら、しかるべき手段《しゅだん》をとらせてもらう」

アロウェイは自分の声にもどった。

「そういうと、笛吹きはさっさと行ってしまいました。歩いていくときマントがふわっとひるがえったのを感じたのです。市長とピラン議員は、笛吹きの姿が見えなくなるのをまっていたようです。やがて市長が笑いだしました。『ハハハ！　お笑いぐさだよ、ピラン、まったくお笑いぐさだ。金貨五百枚もはらうわけなかろう』」

「ですが、しかるべき手段をとるといっておりました」

「しかるべき手段？　やれるもんならやってみろ。この町には優秀《ゆうしゅう》な弁護士《べんごし》がそろっておる。むこうがその気なら、こっちにも考えがある。ぎゃふんといわせてやろう」

「ただ、むこうがいうことにも一理《いちり》あります、じじい殿《どの》」

「市長殿だ！」

「こ、これは失礼を。いいまちがえました、市長。とにかく、笛吹きのいい分にも一理あります。あの男は約束を守りました。たしかに金貨五百枚というのは、どうみても度をこした要求《ようきゅう》です。会議のときも、はっきりそうもうしあげたじゃありませんか。しかし約束は約束です。いくらかは、しはらうべきではありませんか？」

「それもそうだな。では、気のきいた礼状と、チョコレートひと箱と、ぶどう酒の一本くらいでどうだ」

「ぶどう酒ですか？」

「なに、ピラン、きみの酒倉《さかぐら》から一本みつくろってくれればいい。ついでにわしの肖像画《しょうぞうが》もつけてやろう。たしか倉庫に山ほど残っている。なんて気前がいいんだ。そう思わんか？　それだけやれば、やつも満足するだろう。金貨五百枚だと！　ハハハ！　笑わせてくれるわ」

わたしがいけないんだ。そのあとハーメルンに起こったことは、このゴーヴァンの責任《せきにん》だ。予想できたはずなのに。危険を知らせるべきだった。みんなのところに出かけていって、市長はペテン師でうそつきだと告発《こくはつ》すべきだった。いいたいことを歌にしたら、みんな耳をかたむけてくれただろう。だが、そうしなかった。だまって考えているだけだった。三日がすぎた。おまえの誕生日が来た。そしてその日に、笛吹きが姿をあらわした。少なくとも約束は守る男だった。おまえの誕生日に、市長との約束を守るためにもどってきたのだ。笛吹きは町に来て、笛を吹いた。笛の音がやむころには、ハーメルンじゅうに、母親たちがなきわめく声と、父親たちが怒《いか》って歯ぎしりする音がひびいていた。

アロウェイの話

ペネロピー、ぼくがこの家に来たころのことをおぼえている？　ゴーヴァン先生はまだ元気で手足の自由もきいた。先生の指は魔法《まほう》の指だった。ハープで、炎《ほのお》も氷も出現させた。太陽を呼びよせ、雨をふらせた。風のようにハープをひいた。先生がすわってハープをひき、それに合わせてよく、きみとソフィーはおどったね。

「アロウェイもいっしょにおどろう！」きみはぼくをさそってくれた。

だけどぼくはことわった。

「さあはやく！　ステップを教えてあげる。ぐずぐずしないで」

それでもぼくは首を横にふった。てっきり、ぼくが引っくりかえったり、いすやテーブルにぶつかったりするのを見てからかいたいんだと思ってた。孤児院《こじいん》には、そんな意地《いじ》の悪いあそびをして楽しむやつがいたからね。だけどしばらくすると、きみが親切でさそってくれているのだとわかった。すると、音楽につられて自然に足が動いた。じきに体全体が動くようになった。思わず体がゆれだした。

「その調子よ、アロウェイ。最初はそんな感じでいいの。さ、いっしょにおどろう!」

そのうちもっと時間がたつと、メロディーとリズムに身をまかせられるようになった。おどれるようになった。ペネロピー、おぼえている? ぼくははじめ、かんたんでたどたどしいステップしかふめなかった。だがすぐに、めちゃくちゃはやいリズムでおどれるようになった。はじめはきみやソフィーといっしょにおどってたけど、やがてひとりでターンできるようになった。エバおばさんが手をたたいて、先生がハープをひいて歌をうたった。だんだん、自分の家だという実感がわいてきた。自分の家族なんだって。だれにも必要とされない盲目《もうもく》のみなしごアロウェイ。生まれてすぐすてられたアロウェイ。そんなアロウェイが、やっと自分の場所を見つけた。夜、ひとりで部屋にいると、あまりのしあわせに涙《なみだ》が出てきた。その涙で、ふさがれた目があいてくれたらよかったのにね。

手足のこわばりのせいで先生が音楽から遠ざかってしまったあとも、この家につらいことがつづいたあとも、追いだされるかもしれないと不安になったことはなかった。ぼくはできるかぎりの手つだいをした。ハープをもって市場へ行き、演奏して、小銭から何から、もらえるものならなんでももらってきた。さすがに、ぼくの演奏を先生の演奏とまちがえる人はいなかったけれど、なんとかやっていけた。露天《ろてん》の主《あるじ》や商人とも親しくなった。みんな、できるかぎり応援《おうえん》してくれた。パン屋のルートミラさんは、ときどき、パリッとしたパンをもたせてくれた。肉屋のブリーナンさんは、夕食用にと骨つき肉をくれた。くだもの屋のハイバルトさんは、気前よくオレンジをくれた。

夜になるとときどき、きみとソフィーのおどりに合わせてハープをひいたね。もちろん楽しかったけど、ハープをおいて、いっしょにはしゃぎたかったこともある。実はね、ひとりでたまにおどってたんだ。頭にうかんだ音楽に合わせて、くるくる回った。一度、エバおばさんに見つかったことがある。どれぐらいぼくのことを見ていたのかは知らない。とにかく、おばさんはぼくを笑わなかった。ほんと、感謝してるよ。なにしろ、かなりまぬけだったろうからね。

おばさんはぼくに声をかけた。「あててみるわね、今おどってた曲、〈悪魔《あくま》に出あうハープひき〉でしょ?」

そのとおりだった。ぼくの頭のなかにひびいていたのは、その曲だった。先生にはじめて教わった曲だ。それから曲あてクイズは、おばさんとぼくとの秘密《ひみつ》のゲームになった。ぼくがジグやリールをおって、おばさんはぼくが心できいている曲の名前をあてる。〈日曜日にふる雪〉、〈リネンについたジャムのしみ〉、〈メイポールにのぼる子猫〉。笛吹きが最後にこの町にやってきた日、ぼくがおどりだしたのを最初に見つけたのもおばさんだった。だけどそのときのおばさんは、やさしい言葉をかけてはくれなかった。

「アロウェイ! ふざけてる場合じゃないの。やめて! やめてちょうだい!」

だけど、やめられなかった。どんどん大きくなってくる甘い音楽に、身をまかせるしかなかった。おばさんにも先生にも、そしてペネロピー、きみにもきこえない音楽にね。

「やめて、アロウェイ! お願いだからやめて!」

どうしようもなかった。おばさんの声が、甘い音楽にかき消されてしまった。たちまち気が遠くなっていった。ひたすらかけだしたくて、目もくらむようだった。そしてじっさい、ぼくはかけだした。目の見えない、たよりないぼくが、猛《もう》スピードで外の世界へとびだしていった。そして、ペネロピー、カスバートをきみのところへつれてきたのはけっきょく、このぼくだったんだよ。

9　カスバートがやってくる

わたしみたいに百一歳まで生きてみればわかるだろうけど、会う人会う人が、にたような見当《けんとう》ちがいの質問をしてくる。いっそのこと、よくある三つの質問とその答えをプラカードに書いて、首からぶらさげとこうかと思うほどだ。

Q：百一歳まで生きると思っていましたか？
A：百一歳まで生きるなんてばかげた想像《そうぞう》、だれがするもんか。
Q：百一歳になったご感想《かんそう》は？
A：九十九歳のときとそう変わらないね。二歳分、がんこになっただけ。
Q：百一歳になっていちばんよかった点は？
A：自分が好きなものがはっきりわかること。好きな色は青紫《むらさき》。好きな季節は秋。好きな曜日は木曜。犬も猫も同じくらい好き。いちばんの友だちは睡眠《すいみん》。

前から青紫が好きだった。前から眠るのが大好きだった。母さんの話だと、おぎゃーと産声《うぶごえ》をあげたあとわたしが最初にしたのは、長いうたた寝だったらしい。父さんもいっていた。わたしぐらい子守歌が好きな赤ん坊はいなかったらしい。ソフィーは昼寝をいやがったけれど、わたしはせがむほどだった。

目をとじれば、いつでも、すぐに眠りはやってくる。夢のいっぱいつまった袋をたずさえて。

こんなに長生きしたのは、眠りのおかげかもしれない。わたしにとって眠りは、友だち以上だった。わたしをいやしてくれた。悲しかったり落ちこんだりしたときにはいつも、助けにかけつけてくれた。つらいことがあっても、目をとじればわすれられた。目がさめたときにはふしぎと、たいしたことないように思えてくる。眠る前よりも世界がやさしくなった気がする。ひりひりする傷《きず》にぬり薬をぬったみたいに。

十一歳になった日、つまり笛吹きが金をとりたてにもどってきた日にも、眠りはわたしを見すてなかった。約束《やくそく》の金貨《きんか》五百枚が手にはいらなかった笛吹きは、かわりにハーメルンの子どもたちを自分のものにした。ネズミのときと同じように、笛を吹いてあっさり子どもたちをつれさった。ハーメルンのあらゆる通りが、くるったようにジャンプしたりターンしたりする子どもたちであふれかえっているときも、眠りは耳がきこえなくなったわたしのショックをいやしてくれていた。わたしが眠っているあいだじゅう、ハーメルンの親たちはわが身の不幸をなげいていた。

「悪魔《あくま》にとりつかれたみたいだったよ！」ろうそく屋のニューリンさんはさけんだ。九歳の娘ペトロニアは、赤ん坊の弟バジルをゆりかごから抱きあげて、通りをくるくる回りながら走っていってしまった。

「まるでいかれたコマだったよ！　おどりくるってた！　追いかけたけど、ついていけなかった」仕《し》立屋《たてや》のマロはそういって涙《なみだ》を流した。ふたごの息子オーエンとオスウィンはくるくる回りながら店をとびでて、ものすごい勢いで通りをかけていってしまった。

「あの子をぎゅっとつかんで、なんとか引きとめようとした。だけどすごい力でかなわなかった。娘はダニをはらいのけるみたいに、おれをふりはらった。あんなに小さい子が！　考えられるか？」かじ屋のフリスバートはいった。ひどいあざを作っていた。四歳の娘スティシャンは、父親の腕《うで》をはらいのけ、おどりながら笛吹きのあとについていってしまった。

ジルダス、ユリアナ、オグリヴィー、ルートハル。ヴルフラム、ヴェン、トゥトヴァル、アルノス。カンピオン、ゼナン、ブレーズ、アンフィバルス。パンタレオン、プラクセデス、パンドニア、プルンケット。金持ちの子に、貧しい家の子。ボール投げをしていた子に、おにごっこをしていた子。友だちとけんかしてた子に、親に反抗してた子。野菜ぎらいの子。いつもおいのりしてた子。みんな、わたしが生まれたときから知ってる子だった。アイフは十三歳で、かくれんぼのときひどくびっくりさせられたので、目にパンチをくらわせたことがある。ドウィンは誕生日《たんじょうび》がわたしと一日ちがいだったから、十一歳になるよろこびをわかちあった。ついさっきまで、子どもたちがあそんだりけんかしたり笑ったりする声が通りにひびきわたっていたのに、次の瞬間《しゅんかん》には、その親たちの泣き声しかきこえなくなった。

どうしたの？　何が起こったの？　ああかわいそうに！　だいじなかわいい子どもたち！　ひどすぎる！　なんてことするんだ！　とんでもない悪党《あくとう》だ！

もちろん、こうしたことはぜんぶ、ずっとあとできいた話だ。十一歳になってからまる二日間がすぎて、ようやく眠りからさめたわたしが目にしたのは、何もかも変わってしまった世界だった。目をあけたときに最初に見えたのは、スカリーだった。背中をまるくして、毛を逆《さか》だてている。ハーッといっているらしく、口を横に引いている。しめった舌で手をなめられた。わたしは下をむいてスカリーがおどかしている相手をみた。それは大きい、やせた黒い犬だった。心配そうな目をして、右前足があるはずの部分が小さな切りかぶみたいになっている。犬のわきにおかれたいすにすわっているのは、羽ペンを手にし、羊皮紙《ようひし》の巻紙《まき》に言葉《ことば》を書きつけているおじいさんだった。皮製のチュニックを着ていて、顔《かお》まで皮でできているみたい。日に焼けて深いしわがきざまれていて、まるでたがやされたばかりの畑のよう。つるつるにはげているけど、まゆげはりっぱで、広いひたいにムカデが二匹はっているみたいだった。そのまゆげの下には、黒いやさしそうな目。その目をのぞきこんだだけで、どんなものでもうつしてしまうのがわかった。どんな壁も見とおせて、どんな遠くも見わたせる目だと、すぐに想像がついた。こんな目を見るのも、こんな目をもった人に会うのもはじめてだ。それでも、このおじいさんの名前は自分の名前と同じぐらいよく知っていた。カス、バート。カス、バート。カスバートの目がわたしをとらえる。ゆっくりウィンクし、ゆっくりほほ笑む。そしてカスバートは紙に、「i」の点と「t」の横棒をしるした。書く作業《さぎょう》がおわった。

10　カスバートが書いたもの

親愛《しんあい》なるペネロピーへ

お誕生日《たんじょうび》おめでとう。心からおいわいするよ。女の子はだれもが記念すべきイレブニングを経験《けいけん》する。ことにきみのイレブニングは、われわれみんなの記憶《きおく》に残るものとなりそうだ。

きみがこれを耳できけたらどんなにいいか。さいわいご両親によれば、きみは読み書きができるそうだね。文字の力をさずけてくれたご両親に、感謝《かんしゃ》の気持ちをわすれてはいけないよ。読み書きは男の子のものだと信じている人がたくさんいる。残念《ざんねん》なことだ。知識をひとり占《じ》めしたがるのは、何かにおびえている証拠《しょうこ》だ。何をおそれているのだろうか？　たいてい、おそれているのは変化だ。また、権力《けんりょく》を失うことだ。なんとくだらないのだろう！　そんな人たちも、いかにあっけなく変化がおとずれるかを目《ま》の当たりにした。やっと、自分たちの力がいかにちっぽけかを思い知った。なにしろ、子どもたちを引きとめるすべさえもたなかったのだから。笛吹きが笛を吹いたとき、自分の血と肉をわけた者を引きとめる力もなかった。

だがちょっとまった。まだきみには、ちんぷんかんぷんかもしれんな。ついひとりよがりになってしまう。なにしろ年よりだから。話にとりとめがなくなるのが悪いくせだ。おさっしのとおり、わしはカスパートだ。きみの目をさまそうとキスしていたのは、ハンサムな王子様じゃない。年老いたわたしの愛犬ユリシーズだ。ずいぶん長いこと眠っていたね、ペネロピー。この二日間に起こったことを何も知らないはずだ。目をさましてすべてを見ていたわしたちでさえ、わけがわからない。いまのところは、きみが知っているハーメルンはもうないといっておけばいいかな。じきに、こんなことになってしまった理由といきさつを教えてやろう。あしたになったら、好きなだけ質問するといい。できるかぎり答えてあげよう。

ひとつだけいっておく。知っておくべきことだから。きこえなくなった耳は、わしの力ではなおせない。ヒレハリソウやラベンダーから作ったぬり薬をぬっても、ジュニパーやヒソップで湿布《しっぷ》をしても、きみの世界に音はもどらない。ペネロピー、きみの耳は二度ときこえない。失ったものを思うと、泣きさけびたい気持ちだろう。泣きたいだけなけばいい。だが知っていてほしい。いくらかはなぐさめられるかもしれないから。世のなかのできごとにはかならず理由がある。ときには神の恵《めぐ》みがみにくい仮面《かめん》をかぶっていることもある。

とにかく、いまはこれを飲むがいい。このせんじ薬を飲めば、もう少し眠れるだろう。ペネロピー、きみには眠りが必要だ。めざめるころには頭もすっきりしているだろう。それまで、わしはここにすわっている。おやすみ、ペネロピー。目がさめたらまた会おう。

11　イレブニングの巻《ま》き物

九十年前のことだ！　やれやれ、カスバートがわが家へやってきてから、九十年という年月が流れてしまったとは！　たしかに髪は白くなったし、手足の自由もきかなくなった。それでも信じられない。百一年の人生で学んだなかに、時間はうそをつかないということがある。時間は正直だ。望むと望まざるとにかかわらず、時間はいつもそこにある。止めることも、ごまかすこともできない。でも、ほかにも学んだことがある。書くことによって、時間をとどめておける。書いておけば、いくら時間でももちさることができない。この世に生きているかぎりは、けっしてうばわれない。

その証拠《しょうこ》が「イレブニングの巻き物」だ。耳のきこえないわたしが目をさましてからの数日間、カスバートがわたしに書いてくれた手紙のたばのことだ。イレブニングの巻き物には、わたしをなぐさめようとカスバートがくれた言葉《ことば》のほかに、わたしの質問に対する答えがしるされている。すごくたくさんの質問だ。九十年間、わたしはこの古い羊皮紙《ようひし》をたいせつにしてきた。きっちりまるめてリボンで結んだものを、トランクのなかにしまっておいた。今朝《けさ》、それを屋根裏《やねうら》からもってきた。最後にじっくり読んでからずいぶんと長い時間がたっていたけれど、ひと目見ただけで九十年という歳月《さいげつ》が消えさった。

あの日のことは、よくおぼえている。せんじ薬は、カンゾウとミントの味がした。部屋《へや》の壁の色は青紫《むらさき》で、ふちがクリーム色だった。ユリシーズの舌はあたたかくて、しめったビロードのようだった。それに頭のなかが、音とはいえない音でいっぱいだった。ひゅーという、低くうつろな音。はるか遠くの海で波がうねる音をきいているようだった。

父さんと母さんは？

「今は眠っている。眠って数日になる。もうすぐ会えるよ」

何があったの？

「ものすごく悲しくて、ものすごく悪いこと。ハーメルンの子どもたちがいなくなってしまった」

どうして？

「笛吹きがつれていった。金貨五百枚のかわりに、子どもたちをつれさった。ネズミみたいに。ハーメルンから災《わざわ》いを取りのぞいたように、よろこびまでうばってしまった」

子どもたちが？　全員？

「ふたり以外はね」

ひとりはわたしね？

「そうだ」

ソフィーは？

「行ってしまった」

どこへ？

「笛吹きとともに行ってしまった。ひらひら泳ぐヒラメのように、なすすべもなく音楽の網《あみ》にとらえられ、どこかへつれさられた。それ以外のことは、わたしにもわからない」

アロウェイは？

「残ったもうひとりが、アロウェイだ。アロウェイはおどらされはしたが、目が見えないおかげで助かった。きみが耳がきこえないおかげで助かったようにね。きみは笛の音がきこえなかったし、アロウェイは目が見えなくてついていけなかった。森の奥深くで道にまよい、傷《きず》だらけで疲れはてていたところを、ユリシーズが発見して、わたしの小屋へ案内した。そしてアロウェイが、わたしをここへつれてきてくれた」

いまどこにいるの？

「もうすぐ会える。お父さんやお母さんと同じでいまは眠っている。ユリシーズが番をしているよ。起きているのはわたしたちだけだ」

わたしも眠っちゃいたい！　夢だったらいいのに！

そして、泣いたのをおぼえている。はげしく泣きじゃくった。自分が手にしていたすべてのもの、失ってしまったすべてのものを思って泣いた。カスバートはチュニックのそででわたしの涙《なみだ》をぬぐってくれた。

そして紙に書いた。「泣きたいだけなくがいい。泣けば気持ちもしずまる。たしかにおまえの記念すべきイレブニングはすぎさってしまった。もう取りかえしはつかない。だが、どんな才能《さいのう》をもっているかはじきに教えよう。お父さんやお母さんやアロウェイが目をさましたら、話すべきことを話すつもりだ。とはいえいまのところは、口よりもおなかのおしゃべりがうるさくてかなわん。どうもベーコンエッグが食べたいといっているらしい。いっしょに朝ごはんを食べないか？」

カスバートの黒い瞳《ひとみ》をのぞきこむと、金色の光がおどっているのがみえた。わたしは思わずにこっと笑った。カスバートも笑いかえしてくれた。何日かぶりにわたしは自分の足で立った。ふらふらしながら。そしてカスバートのあとについて、新しい世界へ歩みだした。なにもかも変わってしまった。それでも日はのぼり、日はしずむ。台所の時計がチクタクいう音はもうきこえないけれど、時間はやっぱりそこにあって、どんどん流れていく。フライパンがジュージューいう音もきこえないけれど、ベーコンはそこにあって、ちゃんと焼けていた。そしてやっぱり、おいしかった。

12　変わった才能《さいのう》

「危険《きけん》だわ」

九十年前、わたしがはじめてくちびるの動きから読んだのがその言葉《ことば》だった。

「危険よ」

き・け・んという三文字の言葉。

「やっぱり危険だわ」

それは、初心者《しょしんしゃ》には少し読みとりにくい言葉だった。それでもわたしは、母さんのくちびるにその言葉がうかぶのをみた。まちがえようがなかった。母さんはその言葉をゆっくりと、慎重《しんちょう》に口にしたから。そしてげんこつでテーブルをたたいた。それでもドンという音はきこえなかった。お皿からとびはねたティーカップも、ガチャッともいわなかった。

「だめよ！　みとめられません！　よくそんな提案《ていあん》ができるわね、カスバート。わたしたちにはこの子しか残っていないのよ！」

五人がテーブルをかこんでいた。父さん、母さん、カスバート、アロウェイ、わたし。アロウェイはわたしを見るなり、息が止まるかと思うほど強く抱きしめた。アロウェイの体には災難《さいなん》のあとが残っていた。ひざとむこうずねにあざがあり、顔は傷《きず》だらけ。ときどきユリシーズがうしろ足で立ちあがり、一本しかない前足をアロウェイの肩にのっけて傷をなめた。スカリーはそんなユリシーズを、ばかにしたようにながめていた。わたしの肩の上でSの字型にまるまって。のどがゴロゴロいうのを首に感じた。

「ゴーヴァン！　あなたも何かいって！」

「エバ、落ちつきなさい。もちろん危険は危険だ。だが、ほかにどんな選択肢《せんたくし》がある？　ソフィーに再会したかったら、ほかに手はない。ほかの子どもたちもだ。それにペネロピーにそんな才能《さいのう》があたえられているのだとしたら、すべてはこのためだったのかもしれない」

「危険だし、むりよ。きいたでしょう。眠っているあいだに旅をするですって？　ただの夢ではない夢の旅？　こんなこと、承知《しょうち》できる？」

「エバ。世のなかには、わたしたちが理解《りかい》できないことがたくさんあるんだ」

「そのとおりね。自分のベッドで眠っているあいだに、笛吹きをあちこちさがしまわるだなんて！この子が笛吹きを見つけたらどうするの？　つぎはどうなるの？」

「たしかにそうだ。カスバート、ペネロピーが無事《ぶじ》帰ってこられる保証《ほしょう》はあるのかい？」

「ゴーヴァン、保証などないよ。一か八かだ。たしかに危険かもしれない」

まただ。両親とカスバートのあいだのやりとりで理解できたのは、「危険」という言葉だけだった。

残りはぜんぶ、あとでアロウェイからきいた。言葉はわからなかったけれど、話し合いに熱がこもって真剣《しんけん》なのはわかった。それに、わたしの話をしてるのもわかった。わたしの才能に関することだ。どんな才能か、家族はすでに知っている。わたしだけが、まだ知らずにいた。

わたしの才能！　何年ものあいだ、ありふれてたらどうしようと思っていた。ずっと心配だった。イレブニングの日にカスバートにいわれるんじゃないかって。「この子は、将来《しょうらい》ヤギとキャベツにかこまれて暮らすだろう」とか、「この子には、ふっくらしたスコーンやしっとりしたチョコレートケーキを焼く才能がある」とか、「がんばれば、だんなさんをあたたかく幸せにつつむマフラーを編《あ》めるようになる」とか。

そんなふうにいわれたらどうしよう！　でもこのわたしに、なわとび以外のどんな才能がある？　きっと平凡な才能で、退屈《たいくつ》な将来だ。そうにきまってる。何百万年考えても、けっして想像できなかっただろう。カスバートがわたしに伝えたことを。イレブニングの巻《ま》き物にしるされた、カスバートの言葉はこうだ。

親愛《しんあい》なるペネロピーへ

まちにまったその日がとうとうやってきた。いよいよ、きみにどんな才能があるのか教えよう。ここに書く言葉はかんたんなものだが、その奥にある意味は、理解しにくいだろう。最初は、ばかばかしいと感じるかもしれない。しかし、しばらくその言葉を心にとめているうちに、かならず理解できるようになる。

ものごとに偶然《ぐうぜん》はない。たまたま起きることなどない。めぐりあう人、おとずれる場所、あたえられる機会、すべてに理由がある。ふりかかる不幸にもそれはあてはまる。わしらをおそう悲劇《ひげき》ですら、意味なく起こることはありえない。ただ、どんな意味か理解するには時間がかかる。悲しいことに、きみの耳がきこえなくなったのにも、理由がある。信じられないかもしれないが、これもある意味、才能なんだよ。

こんなことをいうわしを、頭がおかしいと思うかもしれない。耳がきこえないのが才能？　まさか、のろいのまちがいでしょう、と。足かせをはめられたまま一生を送るようなもので、天の恵《めぐ》みなどではありえない、そんなふうに感じているだろう。もっともなことだ。だが、ちょっと考えてごらん。もしイレブニングの朝、耳がきこえなくならなかったら、今ごろどこにいたか。ほかの子どもたちといっしょにいたはずだ。どこかはわからないが。ペネロピー、耳がきこえなかったおかげで、どんな災《わざわ》いをまぬかれたと思う？　ほかの子どもたちをつかまえた音楽がきこえなかったからこそ、きみは笛吹きのわなにかからずにすんだ。そして、なぜ自分の耳はきこえないのかと悩《なや》むのもいいが、こんなふうに自分に問いかけてもみなさい。「どうしてわたしが助かったんだろう？　ほかの子じゃなくて、このわたしが？」と。

ものごとに偶然はない。たまたま起きることなどない。きみが取りのこされたのにも、理由がある。きみにはたいせつな仕事がある。はたさねばならない使命がある。きみがえらばれたのは、ハーメルンの子どもたちを見つけ、救《すく》う力をもっているのはきみだからだ。その力の源《みなもと》、それこそがきみの才能なのだよ。

はじめてこれを読んだのは九十年前のことだ。巻き物から顔をあげたときのようすは、いまでもおぼえている。わたしは母さんの目をじっと見つめた。母さんの目は涙《なみだ》でいっぱいだった。母さんがすでに知っていることを、わたしも知ろうとしている。なぜ母さんがふたたびこぶしをふりあげ、テーブルの上にたたきつけたのかを。ふたたび、あの言葉が母さんのくちびるにうかんだ。

「危険よ！」

13　ふしぎな使命

いまは夜。ハーメルンの空は、星がびっしりと植わった畑のようだ。いつものようにまっ暗で、すみきっている。でも朝までには雲が出てくる。朝には、雨がふるだろう。わたしの予報《よほう》はけっしてはずれない。顔の傷《きず》が教えてくれるから。わたしの顔の傷は、どんな晴雨計《せいうけい》より正確だ。傷がムズムズしだして、やがてズキズキ痛んでくると、もうすぐカミナリがゴロゴロいうとわかる。

傷。たいせつな思い出だ。鏡《かがみ》の前をとおりすぎたり、メロンひきいる悪ガキどもに「ハーピー、ハーピー、傷顔やーい」とはやしたてられたり、天気の変化を感じたりすると、かならずこの傷があの旅のことを思いださせてくれる。才能《さいのう》のおかげで行くことができた、いや、行かねばならなかった危険《きけん》な旅のことを。ふしぎな才能。めずらしい才能。**ディープ・ドリーミング**（深く夢みる）という才能だ。

これからそれについて話さなくちゃならないが、いたたた！　手がすっかりこわばってしまった！　痛いったらない。むりもない。一日じゅう書きどおしなんだから。いまなら、たくさんの質問に答えを書いてくれたときのカスバートの気持ちがよくわかる。そのときの答えはいま、目の前にある。ぼろぼろになったイレブニングの巻《ま》き物のなかに。それらをすっかり書きうつしたら、ごほうびに熱いお風呂《ふろ》にゆっくりつかることにしよう。

よくわからない、カスバート。どうして夢を見るのが才能なの？　夢なんて、だれでも見られるよ。

「いいや、ペネロピー。ただ夢を見るんじゃない。もう一度よく読んでごらん」

カスバートが書いてくれたものを、わたしは声に出して読んだ。言葉《ことば》を口にしたときの、舌が歯にあたる感じはいまでもよくおぼえている。自分の出す声がきこえないというのはおかしな気分だった。

「きみの才能はめったにさずからないものだ。ディープ・ドリーミングという才能だ」

「ペネロピー、ディープ・ドリーミングだ。ふつうの人がふつうに見る夢《ドリーム》とは、まったくちがう」

でもどうちがうの？　なんで？　どういう意味？

「そうあせるな。それじゃ、ひと目で何から何まで理解《りかい》しようとしている生まれたばかりの赤ん坊といっしょだ。ディープ・ドリーミングは、くぎの打ち方やオムレツの作り方とちがって、そうかんたんには説明できん。最初にひとつ質問させてくれ。わしらが眠りに落ちると現実の世界はどうなる？　わしらがここをあとにして、夢の世界へ行ってしまうと？」

何も変わらないわ、もちろん。ずっとそのままよ。

「どうしてそれがわかる？」

だっていつもそうだもん。朝、目がさめても、前の晩にベッドにはいったときのまんま。何も変わってない。少なくとも……きのうまでは。

「よろしい。では、目がさめたら夢の世界はどうなる？」

どうなるって……さあ、消えちゃうんじゃないの。

「ちがう。おおかたの人はそう信じておるが、じっさいはそうではない。夢の世界は目がさめてもおわらない。夢を見ているときに目がさめているときの世界がおわらないように。星を考えてごらん。星は夜見える。昼間は、見えない。それでも、みんな知っている。星はいつも天空にあって、闇《やみ》がおりればふたたび姿《すがた》をあらわすことを。同じように、夢もずっとつづいている。たとえわしらの目には見えなくてもだ。夢はもうひとつの世界のようなものだ。だれもがほんの少しだけ旅することができる。でもほとんどの人は短時間しかいられない。それにたいていの人が、目をあけたとたんに見たことをわすれてしまう。そうならないのは、ディープ・ドリーミングの才能をもつ人たちだけだ」

だけどいままでも、夢はおぼえていられた。

「ディープ・ドリーミングの才能は、夢をおぼえていられるだけのことではない。いわば他国《たこく》へのパスポート、町にはいるための鍵《かぎ》をもっているようなものだ。ある特権《とっけん》をあたえられているんだ。ふつうの人たちより長く、夢の世界にいられるのだ。しかも、ふたつの世界を行き来できる」

ふたつの世界を行き来？

「さらにすぐれた才能をもつ者は、夢の世界の姿のままでめざめの世界へはいりこむことも可能《かのう》だ」

どうしてそんなこと知ってるの？

「ペネロピー、わしは年をとっている。ものすごく。だからさまざまなことを知っている。ディープ・ドリーミングについては、少しかじったことがあるとだけいっておこう。かつて調べたことがあるんだ。若い時分に」

カスバートも同じ才能をもってるの？

「レベルはちがうがね。かけっこでも歌でも絵でもハープの演奏《えんそう》でも、才能というのはさずかるレベルが人それぞれちがう。ごちそうがならぶパーティーでも、みんながみんな同じ量を食べるわけじゃないだろう。それと同じで、わしの器《うつわ》に盛《も》られたディープ・ドリーミングの量はほんのわずかなのだ」

ああ、カスパート。そんなことどうやって信じればいい？　めまいがする。

「そりゃあ、めまいもするだろう。十一年間、黒は黒、白は白だと信じて生きてきて、いまになって実はそうではないといわれたようなものだ。十一年ものあいだ、現実《げんじつ》というのは足の下にある大地だと信じて生きてきた。だがたったいま、知らされた。それと同じくらい現実の、べつの世界がとなりにあるのだと。たとえその世界が実体《じったい》をもたなくても。こんな話をされればめまいがして当然《とうぜん》だ」

それがほんとうだとして、その才能のどこがすぐれているの？　笛吹きとどんな関係があるの？

「きみと笛吹きには共通点がある。つまり笛吹きもディープ・ドリーマーなんだ。むこうは並はずれた才能をもっている。めざめの世界と夢の世界の境界《きょうかい》を行き来できる数少ない人間のひとりだ。しかも、あいつはめざめている人間をだましてゆうかいし、自分の夢の世界へつれていく方法を身につけてしまった。そこに、ソフィーはとらえられているのだ。そこへ行けば、ソフィーやほかの子どもたちが見つかるはずだ。つれもどせるのは、笛吹きに負けない強い力のもち主だけだ」

それがわたしなの？

「ほかにはおらん」

カスパートは？

「わしは年をとりすぎておる。それにわしの力は弱かった。笛吹きにたちうちできるほど強力ではなかった。だがペネロピー、おまえならだいじょうぶだ。その力を使うだけでいい」

でも、どうやって？

「力を使えると知ればいい。信じればいい。眠りに身をまかせ、夢のなかへはいっていく。あとはしっこくさがしつづけるだけだ」

この時点で、たしかわたしは笑ったはずだ。腕を翼《つばさ》にして、月までとんでいけるといわれたような気がした。こんなの、とんでもない冗談《じょうだん》にきまってる。でもカスパートの顔は真剣《しんけん》だった。あんまり真剣だったから、わたしは笑いを引っこめた。

眠りに身をまかせるだけで、みんなをさがしに行けるってこと？　つまりわたしは、同時にふたつの場所にいるの？　こっちの世界にはベッドで眠るわたしがいて、それであっちにもいるわけ？　夢の世界にも？

「ある意味ではそうだ。ペネロピーの肉体《にくたい》はこちらの世界にいる。夢のなかのペネロピーはあちらの世界を旅する」

夢のなかのペネロピーに何かあったらどうなるの？

「それがいちばんむずかしい質問だ」

わたし、死んじゃう？

「わからない」

永遠《えいえん》に眠ったままとか？

「ペネロピー！　そうききたくなるのは当然だ。だが、わしには答えられない。そのせいで判断《はんだん》をくもらせてはならない」

どれぐらい眠るの？

「夢がおわりをむかえるまで」

一分？　それとも一時間？

「一分かもしれんし、一時間かもしれん。あちらの世界の時間とこちらの時間は異《こと》なるのだ。時間だけではない。何もかも異なる。そもそも時間を何分とか何時間とかで、はからない」

ひとりで行かなきゃならないの？

「旅立ちはひとりだが、とちゅうで仲間《なかま》を見つけるだろう」

こわい。

「もちろんこわいだろう。だがわすれてはならん。きみのような才能は、使いこなせない人間にはあたえられない。自信をもて、ペネロピー。わしは年をとりすぎて、いっしょについていってやることができないが、できることはある。こちらからきみのあとを追い、わしの言葉を伝える方法を見つける。ペネロピー、わしはきみの前に三回あらわれるだろう。鏡《かがみ》のなかにわしの姿をさがすといい」

鏡？

「じきにわかる。行けば、だがね。行ってくれるか、ペネロピー？」

うん、行くわ。カスパート、今夜出発する。

14　手紙とお守り

行くわ。このひと言がわたしの運命《うんめい》と将来《しょうらい》をきめた。わたしは第一歩を踏《ふ》みだした。そしてやがてここにやってきた。いまの自分になった。腰《こし》が曲がり、気位《きぐらい》の高いおばあさん。いい物笑いのたね。ハーピー、ハーピー、傷顔《きずがお》やーい。

毛布《もうふ》をかけて横になったわたしは、不安だった。母さん、父さん、アロウェイ、カスバートがベッドのまわりに集まった。三本足のユリシーズもいた。スカリーはわたしの胸にぽんととびのり、まるまった。

あのベッドはいまもこの家にある。九十年たってもまだわたしは、あのベッドに寝ている。あの晩にもらった手紙もとってある。旅の安全をいのる手紙。イレブニングの巻《ま》き物といっしょにたばねてたいせつにしまっておいた。これはアロウェイからもらった短い手紙。母さんが代筆《だいひつ》したものだ。

ペネロピーへ

カスバートの話では、ディープ・ドリーミングの国ではきみの耳はきこえるらしい。ぼくの目も見えるのかな？　きみといっしょに行って、たしかめられたらいいのに。だけど、きみはひとりででかけなきゃいけない。

お別れに、ネックレスをこしらえた。あんまりかわいくないかもしれないけど、ハープの弦《げん》で編《あ》んだものだ。ぜんぶで八本の弦。すべての音がはいっている。ゴーヴァン先生がひいていたハープの弦で、ぼくもひいたことがある。ペネロピー、このネックレスには音楽がこめられている。眠っているあいだ首にかけておいてほしい。できれば、旅にもっていってくれ。家族やハーメルンのみんなのことを思いだせるようにね。がんばれ。なるべく早く帰ってきてくれよ。さみしいから。

わたしはアロウェイの贈《おく》り物をしっかりと首にかけて、次の手紙を読んだ。それも母さんが書いたものだった。

いとしい娘へ

父さんも母さんも、あなたとお姉さんのことを愛しています。何度もいったと思うけど、まだたりないわ。でも、わかってくれるわね。あなたとソフィーが幸福と光だけにつつまれているように、いつも願《ねが》ってきた。どこの親もわが子にそう願うものよ。おろかな願いね。だって、ぜったいにかなわないもの。悲しみはかならずおとずれる。なんらかの形で、どこかで、かならず暗闇《くらやみ》はおりてくる。でもこんなことになるなんてだれが想像した？　あなたの耳がきこえなくなって、笛吹きがもどってきて、子どもたちが消えてしまうだなんて。世のなかが引っくりかえってしまった。

あなたは危険《きけん》な選択《せんたく》をした。これまでだったら、見知らぬ世界へ子どもを冒険《ぼうけん》に行かせたりはしない。でも世のなかが変わってしまえば、ルールも変わる。たぶんこの選択はまちがっていないでしょう。以前の世のなかでは、わたしたちの信じていた人たちが金貨《きんか》五百枚のかわりに子どもたちを売ってしまったのだもの。うそつきの詐欺師《さぎし》たち。ドアをあけて災《わざわ》いを招きいれたのはあの人たちよ。わたしたちはその結果を受けとった。幸福という名の代償《だいしょう》をはらった。

そしてこんどはあなたが、旅に出る決心をした。子どもには重すぎる使命《しめい》をせおって。でもその使命をはたせる人は、あなたしかいない。だからわたしたちもあなたを送りだすわ。どうか旅が無事《ぶじ》でありますように。お姉ちゃんを見つけてね、ペネロピー。ほかの子どもたちも見つけてきて。つれてかえってきてちょうだい。帰りをまっています。愛してるわ。あなたは世界一勇敢《ゆうかん》な娘よ！　もどってきたら、毎日ワッフルをこしらえてあげるからね。

父さんはごつごつした指でわたしの手をとり、母さんはかがみこんでわたしに五回キスした。ものごころついたころから毎晩してくれたように。おでこ、ほっぺ、あご、ほっぺ、おでこ。母さんの魔法《まほう》のキスの輪《わ》がわたしを危険から守ってくれる。カスバートもおまじないをとなえてくれた。いい夢を見られるおまじないを。

わしはカスバート。賢者《けんじゃ》にして才能《さいのう》の予言者《よげんしゃ》
わしはカスバート。賢者にしてまじない師《し》
わたしは呼びよせる。めざめる者を眠りへといざない、
災《わざわ》いを遠ざける精霊《せいれい》を
わたしは呼びよせる。よき眠りをもたらす精霊を
旅の案内役《あんないやく》をする夢の精霊を
どうか安全に、深い夢を見られるように
愛すべき仲間が近くを歩んでくれるように
眠れ、ペネロピー。眠れ、ぐっすりと
眠れ、ペネロピー。眠れ、こんこんと
夢見よ、ペネロピー。夢は教えてくれるだろう
暗闇《くらやみ》の出口と光へもどる道を

わたしは部屋を見まわした。みんな、悲しそうな、不安そうな顔をしている。わたしは両手を、ゴロゴロいっているスカリーの横においた。のどのふるえが伝わってくる。あったかくって、落ちつく。出発のときがきた。わたしは目をとじた。そして眠りを招きいれた。

第3部　ディープ・ドリーミング

15　落下、そしてそのあとにおとずれたもの

ベッドがもちあがるのを感じた。やがてベッドは回りはじめた。はやく回れば回るほど、どんどん高いところへのぼっていく。そして回転がやむと、ベッドはすっかり消えてしまった。もう、自分の部屋《へや》じゃない。外にいて、宙《ちゅう》づりになっていた。下はみたこともない景色《けしき》。わたしは蒸気《じょうき》みたいに空中にうかんでた。

下を見おろした。あそこに見えるのはだれ？　わたし、ペネロピーだ。だけど正確《せいかく》にはわたしじゃない。夢のなかのわたし。夢のなかのペネロピーは、なわとびをしている。かけ足とびだ。すごいスピードで草の原をかけている。ロープがかすんでみえない。風のようにはやく、とびはねる雌《め》ジカのように身軽《みがる》だ。あんまりはやくて、足が地面についてないみたい。体全体が、空気と幸福でできているようだった。

夢のなかのわたしは、のんきそうに見えた。でも、ちょっと油断《ゆだん》しすぎ。宙づりになっていたわたしには、夢のなかのわたしには見えないものが見えた。崖《がけ》っぷちがせまってる。あぶない！　さけぼうとしたけれど声が出ない。足もとの土がくずれだした。夢のなかのわたしは、うれしそうになわとびをしながら身を投げだした。

いっしょにとびこめ、という声が、どこからともなくきこえた。わたしはためらわなかった。夢のなかのわたしのほうが先にとびこんだのに、なぜかわたしは追いついて、ふたりは並んだ。わたしたちは、

地球と月のようにいっしょに回っていた。そして、いっしょに落ちていった。重さのひとしいふたつの石のように、むかいあって。夢のなかのわたしは、まだロープを回している。けっしてやめない。何ごともないかのように、ロープを回しつづける。ロープを回し、そしてうたった。

フィラリー、フォラリー、フィカリー、フィン
ペネロピー、おーはいり！

自分自身からなわとびにさそわれるなんて、妙《みょう》な気分。でも、ことわれる人なんている？　もちろん、わたしもことわらなかった。わたしはジャンプしてなかへはいった。ロープが頭の上をとおりすぎる。わたしの足、それから夢のなかのわたしの足の下も、とおりすぎる。ロープが一回転するころには、ふたりのペネロピーがおたがいを吸いこんでいた。そして、ひとりのペネロピーとなって落ちていた。ずんずん落ちていく。下へ下へと。

崖がどういうものなのか、あんまり知らなかった。ハーメルンのまわりにはないから。でも、どこかでかならず地面とつながっているはず。でもこの崖は、ちがうらしい。底なしみたい。時間がとぶようにすぎさった気がした。これから一生、こうして落ちつづけるの？　落ちる以外にやることもないので、ひまつぶしになわとびをした。

暗闇《くらやみ》でぴょんぴょん
空中でぴょんぴょん

どこへむかっているのかは
下につくまでわからない

そんな歌をうたっていた。いまにして思うと、よくあんなに落ちついていられたと感心する。どさっとぶかっこうに着地《ちゃくち》したときにも、どういうわけかこわくなかった。そんなふうにいきなり旅がおわるなんて、めったにないのに。わたしはしめった土の上に大の字になって、風にあたっていた。どこもかしこもまっ暗。どこにいるのか、さっぱりわからない。

「グース？」

声がした。だれ？　きいたことあるような、ないような声。知らないけれど、なじみのある声。

「生きてるか？」

いい質問だ。わたしは腕《うで》を動かしてみた。どうやらだいじょうぶ。片ほうずつ足をもちあげる。どちらもいうことをきいてくれた。のどに触《ふ》れてみる。アロウェイがくれたネックレスも、ちゃんとかかってる。夢のなかのペネロピーがとんでいたロープは、かたわらで、へびみたいにぐるぐる巻きになっていた。わたしはそろそろと起きあがって、壁にもたれかかった。

「グース！」

声がひびきわたる。壁は石で、じめじめしていた。ということは、ここは洞窟《どうくつ》？

「グース！　きこえるか？」

きこえるかですって？　まさか、きこえるはずないでしょ。わたしは耳がきこえなくなったんだから。

あ、でも……。

「グース！　答えろよ！」

その声はしつこかった。頭のなかだけできこえる声？

「あんた、だれ？」

くちびるに言葉《ことば》をのせてみた。その言葉はわたしの口からこぼれ、耳にとどいた。そして耳のなかで、大きく、はっきりとひびいた。ああ、なんてうれしいの。奇妙《きみょう》な世界の、奇妙な場所、暗い洞窟のなかで、目に見えないだれかといっしょにいるのに、口がさけるんじゃないかと思うほど、わたしはにっこりした。耳がきこえる！　どこにいるのか、どうやって到着《とうちゃく》したのかはわからないけれど、なくしていたたいせつなものが見つかった。うれしくてはちきれそう。自分の声がきこえる。質問する自分の声が。

わたしはもう一度たずねた。

「あんた、だれ？」

「おれがだれかだって？」

また声がする。こんどは、あきれた声。

「おい、グース！　何年いっしょに暮らしてきたんだよ！　おれの声がわからないのか？」

わたしは、あたりを見まわした。暗闇に目をこらす。二本の光線が見える。光線はまっすぐこちらにむけられている。ピカッと緑色に光り、それから黄色に変わった。

「このおれがわからないのか？　グース」

わたしは目をうんと細めた。そして、またひらいた。もう一度見る。顔のりんかくが見えてきた。三角の耳。卵《たまご》形の目。ちっちゃくてまるい鼻。そーっと手をのばす。ゆっくりと、何かに手がふれた。頭だ。それも、よく知っている頭。わたしはひげを手でなぞってから、あたたかくて、なつかしい背中の線に手を走らせた。いつものようにしっぽがぴくぴく動いている。まさか！　こんなことってある？

「スカリー？」

「そうとも、グース。きまってるじゃないか。おれも旅に加わってもいいだろ？」

愛する猫は、返事をまたずにわたしのひざにどっかとすわりこみ、このうえなく満足《まんぞく》げな低い声でのどをならした。

16　旅の仲間《なかま》

うちのでぶ猫スカリーワグルは、ソフィーと同い年で、誕生日《たんじょうび》もほとんどいっしょ。ソフィーが生まれて数週間後、家にやってきたときは、まだほんのちっちゃな子猫だった。父さんの弟子のグレゴールという青年が、どぶに落ちてミィミィなく猫を見つけて、助けた。そして、うちにつれてかえった。いつもやさしい母さんがせわをしたおかげで、猫は元気を取りもどした。こうしてスカリーは命《いのち》びろいをした。そして、元気に育ち、家族の一員になった。わたしが生まれたときはもう家にいた。だからスカリーとはこれまでずっといっしょだった。

最初の記憶《きおく》も、スカリーのことだ。わたしはまだ赤ん坊で、二歳にもなっていなかった。車輪《しゃりん》つきのベッドに寝かされていた。ある午後おそくのことだ。「ネズミ襲撃《しゅうげき》」のころで、いたるところにネズミがいた。わたしは小さすぎて、それがなんなのかわかってなかった。毛布《もうふ》の上をはってきたものの名前を知らなかった。長くて、毛のないしっぽのある怪物《かいぶつ》。燃えるような赤い目をした悪魔《あくま》。

わたしは火がついたように泣きだした。母さんはどこ？　父さんは？　だれか助けて。そのとき、黒と白と茶のかたまりがやってきた。前足がさっと動き、ぱくっと口にくわえる。そして勝ちほこったようなな声。ネズミは消えていた。助かった。その日、少女と猫のあいだにきずなが結ばれた。

それから、スカリーはわたしのベッドで眠るようになった。あごの下をなでてもらいたいときにはわたしのところへ来た。あそびにも辛抱《しんぼう》強くつきあってくれた。おままごとのお茶会で、スカリーの頭にぼうしをかぶせ、むりやりお客さまになってもらったときも、不平をこぼさなかった。ひとつだけいやがるのは、「床屋《とこや》さんあそび」。母さんのはさみをもってるわたしの姿を見るなり、スカリーはとっとと逃げた。

わたしはスカリーのお気にいりだった。スカリーには、どんな秘密《ひみつ》もしゃべった。こわいことや、ちょっとしたいたずらも打ちあけた。告《つ》げ口される心配はしたことがない。だいいち、口をきくようになるとは思ってもみなかった。家からこんなに遠くはなれた場所で、スカリーはわたしのひざの上で寝そべっている。ふつうの猫と同じようにゴロゴロいいながら。わたしはスカリーを抱きあげ、きらきらかがやく瞳《ひとみ》をのぞきこんだ。暗闇《くらやみ》のなかで見えるものといったらそれだけだった。

「信じられない」わたしはいった。

「何が？」

「猫がしゃべるなんて」

「いや、しゃべる。しゃべるんだよ、グース。おまえが生まれたときからずっと、おれは話をしてきた。それまでどこにいたか。これからどこへ行くのか。考えてること、感じてること。ぜんぶ話してきた。つかまえた鳥の話、食べた野ネズミの味。ここ六年は、魚よりチキンが食べたいってうったえてきた。耳のうしろをかいてくれってどれだけたのんだかしれないよ。そうそう、かいてくれる？」

「どっちの耳？」

「右側をたのむ。もっと下。もうちょい上。いや、もっと左。あ、そこそこ。どんぴしゃりだ」

スカリーは気もちよさそうにゴロゴロいった。

「ありがとう、グース。おれはおまえがはじめて息を吸ったときから、ずっと話しかけてきた。つまり、問題はおれの話し方じゃなくて、おまえのきき方だったんだよ。ま、おまえだけじゃないけどね。二本足はどいつも同じだから」

「二本足？」

「おっと失礼。おれたちは人間をそう呼んでる。猫も自分と同じように話ができると考えてる人間は、ほとんどいない。だからおれにいわせれば、こうして会話できるのはかなり興味深い《きょうみ》い」

「じゃあ、あなたの話がわかる人間もいるの？」

「たまにね。すごく少ない。カスバートがそうだ」

「カスバート？」

「ああ。だから、あの犬を家につれてきたときには、かんべんしてくれっていってやった」

「ユリシーズ？」

「ユリシーズだか、アロイシアスだか、シルヴィウーズだか、なんじゃもんじゃだか知らない。あんまり興味ないんでね。とにかくめざわりなんだ。たいていの犬はそうだけど。いつもはあはあ息を切らして、よだれをたらして、へいこらして。おお、いやだ。ぞっとするね」

スカリーはわたしの肩によじのぼった。

「でも、どうしてわたしをグースって呼ぶの?」

「どうして? それがおまえの名前だからさ。猫名《ねこな》では、ってことだけど」

「え?」

「おまえの猫名だよ。親は子に人の名をつける。おまえの両親はおまえをペネロピーって呼ぶ。だから猫は猫名をつける。グースと名づけたのはこのおれだ」

「なんでグースなの?」

「それは、なんでペネロピーなのってきくのと同じことさ。ぴったりな気がしたからグースにしただけだよ。まるまるしてて、ギャーギャーなきわめいて、食べてばっかりいたからなあ。おれにとっては、おまえはあとにも先にもグースだね」

わたしはスカリーのあごをくすぐってやった。いったいぜんたいどうなってるの? どうやら、いままでのルールがぜんぜんあてはまらないところへ来ちゃったみたい。

「猫にも? 人間がつけた名前のほかに猫名があるわけ?」

「もちろん。だけどおれの名前をきこうとしてもむだだよ。秘密を誓《ちか》ってるから。猫が本物の名前をぺらぺらしゃべりだしたら、どうなることやら」

どうなることとやら。それこそさしせまった問題だ。猫の名前だけじゃなくて。わたしたちには使命《しめい》がある。しなきゃいけないことがある。スカリーが仲間になったのはうれしかった。よかった、途中で仲間が見つかるというカスバートの約束《やくそく》はほんとうだったんだ。

「スカリー、カスバートがあんたをよこしたの?」

「おいおいグース、おれは猫だよ。何よりも自立《じりつ》を重んじてる。だれかにいわれてどこかへ行ったりはしない。いくらカスバートでもね」

「じゃ、どうやってここまで来たの？　どうやってわたしを見つけたの？」

「さあ。おれにもわからない。おれはただ、ベッドに寝ているおまえの胸の上にいただけさ。おまえの息づかいに合わせて、上がったり下がったりして。うたた寝をしようと思って、目をつむった。で、つぎに気がついたときには、もうそこにはいなかった。ここにいた」

「わたしの夢にはいりごんじゃったのね」

「それより、おれの夢におまえがはいりこんだことにしないか？　または、ふたりしてだれかの夢にはいりこんだとか？」

「もう、ややこしい！」

「イライラするなって。たいせつなのは、おれたちがここにいるってことだ。到着《とうちゃく》した場所に到着した。こんな洞窟《どうくつ》のなかでぐずぐずしててもはじまらないよ。旅をはじめたほうがよくないかい」

「うん、そりゃそうだけど。でも……どこへ？　それにどうやって？　何も見えないのに」

スカリーは地面にとびおりた。

「心配ご無用《むよう》。われわれ猫は夜でもはっきり目が見えるからね。おまえが落っこちてくる前に、ちょっとあたりを偵察《ていさつ》しといたんだ。左に進めば、すぐに外に出られる」

「外はどうなってるの？」

「夏かもしれないし、冬かもしれない。夜かもしれないし、昼かもしれない。まっているのは敵《てき》かもしれないし、味方かもしれない。グース、先のことはわからない。考えてもはじまらないよ」

わたしは立ちあがった。のびをする。両手が洞窟の低い天井《てんじょう》をかすった。なわとびのロープをひろいあげて、腰《こし》のまわりに結んだ。むかし、父さんが、この世にほんとうに必要なのはハープとロープだけだといっていた。「ハープとロープがあれば、いろんなことができる」父さんはいった。

父さんの声を思いだすと、胸《むね》が痛んだ。父さんと母さんがわたしのベッドに腰かけ、眠っているわたしを見つめている姿が目にうかぶ。わたしがどこにいるのかも、何をしているのかも知らないで……やだ、家が恋しくなっちゃった。わたしは涙《なみだ》をこらえた。

「強くならなきゃ、グース」

「うん」

「じゃあ出発しようか」

「うん、行こう」

旅をはじめるには、「うん、行こう」だけでいい。「うん、行こう」といって、わたしたちは歩きだした。

17　旅をつづける前に

わたしは百一歳だ。毎日そのことを実感している。長い人生でたくさんのことを学んだ。いまでも学びつづけている。学んでいればぼけないし、朝ベッドからぬけだそうという気にもなる。そういう気もちは、年に関係なくたいせつだけど、百一歳ともなるとなおさらだ。この年になると、たまにはじっと横たわったままなりゆきを見まもっていたい誘惑《ゆうわく》にかられるから。

土曜の午後は、お茶をいれて、その週のできごとをふりかえるのが習慣《しゅうかん》になってる。新しく手にいれた知識《ちしき》は、どんなちょっとしたものでもおさらいする。鳥や花の名前。シルクについたトマトのしみの落とし方。ハリネズミをポーランド語でなんていうか。みんな、知ってると役に立つささやかなことばかり。

きょうは土曜日。午後には雨がふりだし、肌寒《はだざむ》かった。まきを一本たすと、ストーブはうれしそうに炎《ほのお》をはきだした。カモミールティーから湯気《ゆげ》がたちのぼる。時計は三時を打ったばかり。わたしは窓を背にして台所のテーブルにむかった。今週は、書くことのむずかしさを学んだ。想像《そうぞう》していたよりもずっとむずかしい。

書くことなんて、ペンと紙をもってすわったまま話をすればいいんだからこれほどやさしいことはない、そう思っていた。いったん書きはじめれば、あとはどんどん進めていって、おわりまでいけるものだと。それがこんなにむずかしいなんて。一週間書いてみて、作家の苦労《くろう》がよくわかった。

そもそも、たくさん言葉《ことば》がありすぎてひとつをえらべない。同じことを何とおりにでもいえる。ひとつにしぼろうとすると、頭が痛くなる。それに頭だけでなく、手もつらい。ペンだこができてしまった。手首はこわばり、指の関節《かんせつ》がはれてずきずきする。しかも、だれも他人がものを書いているのを仕事とみなしていないようだ。前かがみになって書き物をしている人に、くだらない質問をしてじゃましてもかまわないと思っている。

今朝《けさ》も、めいわくな若者が窓から顔を出してきた。若者がかぶっているぼうしの影が原稿《げんこう》の上に落ちた。青いフェルト地に大きな羽のかざりのあるぼうしだ。羽かざりは雨のせいでしょぼしょぼになっていた。近ごろよく、影の訪問《ほうもん》を受ける。でも今回はちがうらしい。わたしは顔を上げた。

「おはようございます、おばあさん」

おばあさん？　ずうずうしい！　まあ、「ハーピー」と呼ばれるよりはましだけど。

「わたしはあんたのおばあさんじゃないよ。わたしの名前はペネロピー。もっとも、このあたりの人たちもほとんどおぼえちゃいないがね」

「これは失礼しました」

「そんなに大げさにくちびるを動かさなくてもわかるよ。まるで、池から出てあっぷあっぷしているコイみたいじゃないか。ふつうのはやさで動かしてもちゃんとくちびるは読めるから。で、あんたはだれ？　なんの用だい？」

「ミカといいます。あなたがハープを作ってらっしゃると村でききました」

「あの連中は相手が話をきいてくれるとわかると、なんでもぺらぺらしゃべるからね。うわさ話が何より好きなんだよ」

「じゃあ、うそなんですか？」

「わたしがいまでもハープを作っているかって？　いいや。前は作っていたけどね。いまはもう作ってない。ねえ、わたしは百一歳だよ。もう仕事をやめて四十年になる。たいへんなんだよ、ハープを仕上げるのは。村のおしゃべりたちは、ちっともわかってないけどね」

「なるほど。では、たくさんハープをおもちだというのもまちがいなんですか？」

「あんたねえ、あんたの目がわたしの耳みたいに不自由じゃなきゃ、そこにたくさんあるのが見えるだろう。ここにあるのがそうだよ。よく見てごらん。垂木《たるき》にぶらさがってるのはコウモリじゃない。あっちの壁に立てかけてあるのも、はらぺこの客が夕食をまっているわけじゃないよ。ぜんぶ見てのとおり、ハープだ。まだあるよ。二階と地下室にね。小屋にもある。ぜんぶで三十はこえるかね」

「三十以上も！」

「そうさ。しかもぜんぶ一級品だ。どれもわたしがこしらえたものだよ。ハープ職人《しょくにん》だった……むかしはね。そしていまも、これからも、ハープ職人の娘だ。父はゴーヴァンといってね、もちろんきいたことがあるだろうね？」

「すみません、初耳《はつみみ》です」

「父さんの名がわすれられるとは、なさけない。父さんは偉大《いだい》な人だった。この家で仕事をし、この家で暮らしていた。わたしは父さんのあとをついでここでハープを作りつづけた。ただし作るだけ。それでじゅうぶんだった。演奏《えんそう》は他人まかせ。父さんは両方やったけど。父さんほど、木と弦《げん》から美しい音をつむぎだせた人はいない」

「お父さんが先生だったわけですね？」

「父さんに教わった部分も少しはある。でも残りはほかで学んだんだ」

「ほかっていうと？」

「それは、話せば長くなる。それに見知らぬ人に話したいようなことでもないし。いくらすてきなぼうしをかぶっている人でもね。さてと、悪いけどそろそろ……」

わたしは書く作業《さぎょう》にもどろうとした。でもその前に、若者のくちびるの動きが目にはいってしまった。

「あとひとつだけいいですか」

若者は、さらに奥まで顔をつっこんできた。びしょぬれの羽かざりから、床の上にしずくが落ちた。

「まったく、いくら年をとってても、頭はぼけちゃいない。けっこういそがしいんだよ」

「すぐすみます。売っていただけるハープはないでしょうか?」

「ないね。一台も」

「そこをなんとか。三十台以上もおもちなんですから、一台ぐらい手ばなしてくださってもいいじゃないですか。お代ははずみます」

たしかにお金がありそうなかっこうをしている。この手のぼうしは安くない。

「いっただろう、売る気はないって。どんな値をつけられても売らないよ。お金にはあんまり興味《きょうみ》がないからね。この年でお金がいると思うかい? だいたい、なぜそんなことをきくんだい? ハープをひきたかったら子どものころからはじめないとダメだ。あんたは年をとりすぎているよ。なんでハープになんか興味をもつのかわからないよ。時代遅れの楽器だ。いまじゃだれもひかない」

若者はそれをきいて笑った。

「ぼくがひくわけじゃありませんよ、ペネロピーさん。娘です。流行なんて、娘には関係ありません。しゃべりだしたころからずっと、ハープがほしいといってました」

「まさか。そんなことをいう子どもはいやしないよ。わたしが子どものころは、女の子はハープなんてひかなかった」

「作ることもなかったんでしょう?」

わたしは男の顔をまじまじと見た。ばかにしてるんじゃないだろうね。

「そうとも。作らなかった。娘さんの名は?」わたしはぴしゃりといった。

男のくちびるの動きで、笑ったのがわかった。

「きっとふしぎな偶然《ぐうぜん》だと思われるでしょうね。娘の名前もペネロピーです」

なんだって！　それをきいて、おんぼろ心臓《しんぞう》がドキンとした。百一歳の体には危険《きけん》なことだけど。顔から血の気がひいた。おなじみになってきた例の影が部屋《へや》にはいってきて、すみっこに落ちついた。わたしはそれを見て顔をしかめ、急におそってきたさむけに身ぶるいした。影とさむけはいつもセットでやってくる。

「ペネロピーさん、だいじょうぶですか？」羽かざりのついたぼうしをかぶった男がたずねた。

「ああ、だいじょうぶ。平気さ。どこまで話したんだったかね。そうそう。あんたはミカで、娘さんはペネロピーっていうんだったたね」

「そうです」

「古めかしい趣味《しゅみ》の女の子にふさわしい古めかしい名前だこと。いくつになるんだい？」

「来月で十一歳です。誕生日《たんじょうび》にハープをあげてびっくりさせたかったんです」

わたしはおかしな気分につつまれた。前にもこんな会話をしたような気がする。ずっとずっとむかしだけれど。まるで片方の足を過去に、もう片方の足を現在にのせているような感じがした。

「来月で十一歳。そりゃほんとうかい？　それは、だいじな日をむかえるんだね」

「ええ。もうひとつだけおききしたら、おいとまします。ハープを手ばなすおつもりがないなら、どなたかほかに、ゆずってくれそうな方をごぞんじありませんか？」

部屋のすみにいたおせっかいな影は立ちあがって、部屋をゆっくりうろついている。さむけがいちだんと強くなった。意識《いしき》してないと、ぶるぶるふるえてくる。

「ほかにハープを売ってくれそうな人……そうだねえ。いや、いないね。思いつかない」

「じゃあ、望みなしですか？」

「ばかなことをいっちゃいけない。望みはいつだってある。いつだってね。考えておくよ。来週またおいで。土曜日のこの時間に。そのときに返事をしよう」

そして男は帰っていった。雨のなかを。もう家にもどっているころだ。ぼうしをどこかにかけて、かわかしている。奥さんに、変わったおばあさんとハープだらけの家について話してきかせているだろう。ハーピー、ハーピーと。男が行ってしまうと、すぐに窓をしめた。ブラインドもおろした。これ以上じゃまされたくない。わたしの物語《ものがたり》を書くことに専念《せんねん》したい。そばにいるのは影だけ。来るたびに、とどまる時間が長くなる。ドアのそばで、静かにすわっている。

「どこかへお行き」

ぴくりともしない。

「どこかへお行きったら」もう一度いう。でも、まだいる。ぐずぐずと。まるで外へ出してほしくてがんばってる猫みたいに。

「ひとりではいってきたんだ。ひとりで出ていけるだろう。だけどもうここに来られても、かまってやれないよ。わたしをあてにしないでおくれ。いそがしくて、あんたみたいなのを相手にしているひまはないんだから」

影はふたたびうずくまった。

「それなら、好きにするがいい」

わたしはショールをさがして、体に巻いてさむけをおさえる。そして、招かれざる客に背をむけた。また物語にもどろう。

18　お話のつづき

　スカリーとわたしは歩きはじめた。光がほとんどさしこまない洞窟《どうくつ》のなかでは、目の前にある自分の手さえよく見えない。岩につまずかないように、おそるおそる足をふみだす。スカリーは自信たっぷりに前を歩いていく。わたしはスカリーの声をたよりについていった。

「ついてこい、グース。すぐにここから出してやるから。気をつけろ。ここからせまくなるぞ」

　たしかにそうだった。百歩も行かないうちに、壁がせまってくるのを感じた。まるで、じょうごの口にはいりこんだみたい。あっという間に幅が両腕《りょううで》の長さより短くなった。天井《てんじょう》がかたむいていたから、体をどんどん低くしなきゃいけない。いつのまにか、冷たくしめった土の上をはっていた。ときどき、やわらかくてぐにゃっとしたものや、小さなスポンジのような洞窟の生き物に手がふれた。すると生き物たちは抗議《こうぎ》の声をあげ、引っこんだ。もっとおそろしい生き物にでくわしたらどうなるかなんて、考えたくもない。人をさすサソリとか、ふといヘビとか。逃げ場所はなさそうだ。走ることも、たたかうこともできそうにない。通路はどんどんせまくなっていく。もうすぐ赤ん坊みたいにはって進むこともできなくなる。そうしたら、毛虫みたいにくねくね進まなきゃいけない。

「スカリー！」

　スカリーがふりかえった。緑と金色に光る目が見える。

「スカリー、この道、わたしでもとおりぬけられる？」

「そのはずだ。ほかに道はないしね。ついといで」

しかたない。わたしはゆっくり、注意深く、四本足のガイドについていった。こわくてパニックにならないよう、できることはなんでもした。一歩はうごとに数をかぞえたけれど、すぐにどこまでかぞえたかわからなくなった。なわとびの歌を小声でうたってみたけど、むしょうになわとびがしたくなっただけ。家のようすを思いだしてみた。わたしの家族、わたしの家、わたしの部屋《へや》。悲しくなってきた。いまごろみんな、どうしてるだろう？　母さん、アロウェイ、父さん。そのとき、父さんが前に、ふさぎこんでいるわたしにかけてくれた言葉《ことば》を思いだした。「山をのぼっているときには頂上《ちょうじょう》に立つ自分を、かけっこのときにはゴールを横ぎる自分を、思いうかべなさい。イメージを強く信じれば、行くところ敵《てき》なしだ。イメージさえできれば、かならず手にすることができる」

そこでわたしは、ソフィーのことを思った。ソフィーの顔や声をイメージする。ふたりで手をつないで、帰り道を歩いている。母さんがかけだしてきて、わたしたちを抱きしめる。母さんのすぐうしろから父さんが、こわばった足を精《せい》いっぱい動かして近づいてくる。アロウェイが戸口でにこにこ笑っている。カスバートもうれしそう。ただいま。帰ってきたよ。みんな、大よろこび。屋根を見あげると、えんとつのそばに猫がいる。猫がこちらをふりかえる。そしてウィンクする。

「おい、気をつけろ！」

スカリーの声で現実に引きもどされた。家から遠くはなれたところにある、危険《きけん》な現実に。

「気をつけろ、グース。ここからのぼり坂だ」

のぼり坂のうえに、曲がりくねっている。曲がりくねっているうえに、ひどくせまい。じりじりとしか進めない。ふいに、はさまって動けなくなったらどうしようと思ってこわくなった。前に進めない。

うしろにももどれない。こんなところで人生がおわっちゃうなんて。体のなかから空気がぬけていく。息が苦しい。やだ！　どうしよう！

「スカリー！　スカリー！　もうだめ！」

「進むしかないんだ。グース」

スカリーははげましてくれるけど、声はきびしかった。

「進め！」

ほとんど命令だ。

「これ以上先へ進むのはむり」

どんどん小さくなれ。体をねじって。ねじりながら進め。腕は体のわきにぴたっとくっつけて。わたしは、何もない野原を心に思いうかべた。広い空を思いうかべた。だめだ。そのとき自然と、ある記憶《きおく》がよみがえった。せまい場所。でも居心地《いごこち》がよくて、あったかい。どこ？　そうだ！　台所のテーブルの下。秘密《ひみつ》のかくれ場所。何歳だったっけ？　四歳？　それとも五歳？　たしかそれぐらい。洗ったばかりの床《ゆか》にお日さまの光があたっている。パンが焼けるにおい。おっぱいを吸う音。赤ん坊が、おっぱいをもらっている。母さんの友だちのグウェンリンが、生まれたばかりの赤ん坊をつれてきた。「どうすればあんなに小さいほら穴から、こんなクマみたいに大きな赤ん坊が出てこられるのかしらねえ？」グウェンリンが母さんにいう。ふたりは意味ありげに笑う。わたしは母さんの足を見る。わたしも、ほんとうに、この足のあいだからするっと出てきたの？　すごい！　クマみたいに大きな赤ん坊。小さいほら穴。

「やったぞ！　とうとうやった！」

またスカリーの声がした。

「出口だ、グース。ついたぞ！」

急にすずしい風が吹いてきて、また元気がわいてきた。最後の力をふりしぼって地面をける。泳ぎつかれた人が、もうすぐ岸だとわかったときみたいに。力強くけると、頭が地上にひょっこり出た。つぎに肩《かた》、それから胴《どう》、脚《あし》、そして最後に足が。ついに洞窟の外に出た。もう安心。わたしはぐったり横になった。

「えらかったぞ、グース。よくがんばった」

わたしは目をとじた。心臓《しんぞう》が胸《むね》の奥でドキドキいってるのがきこえる。だんだんしずまってくる。わたしは目をあけた。ふりかえって、ぬけだしたばかりの穴のほうを見た。ところが、びっくり。何もない。穴もあいてなければ、さけ目すらない。きれいさっぱり。もう、もどれない。前に進むしかない。

「グース、まわりを見てごらん。どんなところにたどりついたと思う？」スカリーがいった。

わたしは立ちあがった。スカリーがひょいと肩の上にとびのる。

「どうだ、きれいだろう？」スカリーはマフラーのようにわたしの首に巻きついてそういった。

わたしたちは高い丘のてっぺんから、どこまでも広がる濃《こ》い藍《あい》色の空を見わたした。まるで黒いマントが広がって、明るくひかる裏打《うらうち》を見せたみたい。わたしはまっ昼間に顔を出したモグラみたいに目をぱちくりさせた。スカリーのいうとおり。美しかった。半月と満月のあいだの月。無数にかがやく星。見たこともないような星座が空にちらばっている。星と月からこぼれる琥珀《こはく》色の光が、美しい景色《けしき》を明るくてらしていた。

丘の下には、白い雪におおわれた谷があった。たてや横に線が走る谷は、水をすくうようにまるくした大きい手のひらみたい。でも、どんなにすぐれた予言者《よげんしゃ》でも、わたしとスカリーの未来をうらなう時間はなかっただろう。自分がどこにいるかもわからないうちに、わたしの足は地面をはなれていた。次の瞬間《しゅんかん》には、わたしたちは猛《もう》スピードで空をとんでいた。下に広がるゆるやかにうねる雪の谷と、天上にきらめく銀河《ぎんが》のあいだに道を切りひらくように。

19　うたうトロラヴィアンの谷

気づいたときには、雪の谷をま下に見おろしていた。そしていつのまにか、その上空をとんでいた。こんなにおどろいたのは、生まれてはじめて。スカリーも同じくおどろいていて、うーっといって、爪《つめ》を立てた。わたしの肩《かた》に爪を深くくいこませ、死にものぐるいでつかまっている。

スカリーの爪が気にならないほど、はやくとんでいた。腰《こし》に結んだなわとびのロープが、細い旗《はた》みたいになびく。これだけ高いところからながめると、谷が丘にかこまれているのがわかる。丘のむこうにはぐるりと高い山々がそびえていた。そこかしこで灯《あか》りがちらちらし、農家《のうか》のえんとつからは煙《けむり》があがっていた。一、二度、アリのように小さく見えるのが、はたらく人たちの姿だとわかった。さっぱりわからなかったのは、わたしたちをひっさらったのがいったい何なのかだった。

三つ、いた。そのうちのひとつがわたしたちを運ぶ役目を担当《たんとう》し、残りのふたつが両脇《りょうわき》でつきそうようにとんでいる。それまで見たことのあるどんな生き物にもにていない。胴体《どうたい》は、ハリネズミみたいにとげとげでまるまるしている。おなかは灰色でふくらんでいる。大きな翼《つばさ》をもっているけど、それは、羽毛《うもう》ではなく皮で、まるで巨大コウモリの翼《つばさ》みたいだった。野ウサギのように長くてしなやかな脚《あし》をもち、足首から先は細長いスキー板みたいだった。わたしは運び役の左足にシーソーのようにまたがり、むこうずねにしがみついた。スカリーはわたしの肩にしがみついていた。

「グース！　こいつら、なんなんだ？」

スカリーの質問に答えるかのように、つきそい役の二羽がうたいだした。キャッチボールみたいに、せりふをかわるがわる口にする。

整列《せいれつ》！
整列！
整列！
整列！
整列、三、四
話してきかせろ、あの話
うたうトロラヴィアン、勇気りんりん自信まんまん
雪のなかでも雲の上でも、わが家同然《どうぜん》

「うたう、なんだって？」スカリーがきいた。

「トロラヴィアン、じゃなかった？」

整列！
整列！
整列！
整列！
整列、五、六
話してきかせろ、技《わざ》のこと
一糸《いっし》みだれぬ編隊飛行《へんたいひこう》
月あかりのなか、フーガをうたう

それから三羽はむずかしそうな輪唱《りんしょう》をはじめた。空をとびながら、たがいにメロディーを投げあう。トロラヴィアンとかいう生き物は、歌がとてもじょうずだった。

整列！
整列！
整列！
整列！
整列、七、八
教えてやるんだ、遅刻《ちこく》は厳禁《げんきん》
とぶのはつらいが、それでも行くよ

「なあグース。こいつら、おれたちをどこへつれていくつもりだろう？」

わからない。わたしの頭のなかにも、同じ質問がうずまいていた。トロラヴィアンたちが何をするつもりなのかつきとめたい。歓迎《かんげい》してくれるのか、それとも牢屋《ろうや》にぶちこむつもりか。ごちそうしてくれるのか、それともなべのなかへほうりこんで、ゆでて食べるつもりか。

「バーガス軍曹《ぐんそう》！」右側をとぶトロラヴィアンがよくとおるバリトンでさけんだ。

「はい、ファーガス大佐《たいさ》！」左側をとぶトロラヴィアンがすきとおるようなテノールで答えた。

「新米《しんまい》のはたらきぶりは、どうかね？　トロラヴィアン・エリート護衛隊にふさわしいだろうか？」

「わかりません、大佐。わたしにはのろまにしかみえませんが。どうだい、ベル兵卒《へいそつ》？　きみはのろまかい？」

からかわれていたのは、わたしとスカリーを運ぶトロラヴィアンだった。そのトロラヴィアンはこれまでずっとだまっていたけど、ようやくふるえるアルトでうたうように質問に答えた。

「輸送《ゆそう》部門ではいちばんはやくとべました。よくごぞんじでしょう。わたしは努力《どりょく》して昇進《しょうしん》を勝ちとったのです。いつかあなたがたにも追いつきます」

「ほぉー。そうかい。軍曹、きいたかね？」

「ききました、大佐」

「それじゃあテストしてみようか、なあ軍曹？」

「やりましょう」

そして、二羽はまた、うたいはじめた。

解散《かいさん》！

解散！

解散！

解散！

解散、九、十

考えなおせよ新兵さん！

ハト小屋にいるのがおにあいさ

女にできるか、宙《ちゅう》がえり

そううたうと、ファーガスとバーガスは空高く舞いあがり、急降下《きゅうこうか》しながら宙《ちゅう》がえりや、きりもみ、八の字旋回《せんかい》といった離《はな》れわざをつぎつぎにやってのけた。

「ひきょうよ」ベルはわめいた。

「何か問題でもあるのかね、ベル兵卒？」ファーガスがベルの横をすっとすりぬけながらうたった。

「ついてこられないのか？」バーガスがやじる。

「ひきょうだわ。こっちは捕虜《ほりょ》を運んでいるのよ」ベルはもう一度さけんだ。

バーガスは笑いながら、わたしたちのまわりをくるりと回った。まるでベルにひもをまきつけるみたいに。「泣き言《ごと》をいうんじゃない。真のエリートなら、それぐらいできてあたりまえだ。捕虜を運んでいようが、目かくしされてようが、片方の翼を包帯《ほうたい》でつっていようがな」

「どうしようもないやつだな、きみは。なんできみみたいなのがエリート隊にはいれたのかふしぎだよ。長つづきはしないな。おぼえとけ」ファーガス大佐は鼻で笑った。

「ずるいわ！　ひきょう者！」

「ずるいかどうかは問題ではない。さあ、見せてもらおうか。少なくとも着地《ちゃくち》ぐらいはできるだろう。用意はいいかい、バーガス軍曹？」

「準備万端《じゅんびばんたん》です」

「捕虜たちをはなすんだ、ベル兵卒。ぬかりのないようにしろよ。輸送《ゆそう》中に捕虜が死んだとあっては、長官のきげんが悪くなるからな」

スカリーが息をのんだ。「死ぬ？　グース、なんだかぶっそうな……」

だけどスカリーがいいおわらないうちに、ファーガスが新たな命令をしていた。

「ベル兵卒、積み荷投下《とうか》の準備」

「了解《りょうかい》」

「バーガス軍曹、積み荷回収《かいしゅう》の準備を」

「回収準備、ととのいました」

「ベル兵卒、三つかぞえたら投下せよ。一、二、三、投下！」

ベルは、くるぶしの位置《いち》に蝶番《ちょうつがい》でとめてある板のような足を、はるか下の雪の谷のほうへかたむけた。

それまで地面と平行だった板の足が垂直《すいちょく》になった。

「グース！」スカリーが金きり声をあげた。ベルのむこうずねからわたしの手がはなれる。

「助けてー！」スカリーがさけんだ。強烈《きょうれつ》な引力の腕《うで》のなかへほうりこまれ、胃《い》がのどまでせりあがってくる。スカリーの悲鳴《ひめい》がいつまでもひびきわたっていたので、ファーガスがきびきび命令する声がよくききとれない。

「回収！」

たちまちバーガスがわたしたちの下にとんできて、わたしたちを受けとめた。どんぴしゃりな位置で止まったので、わたしとスカリーはその平らな広い背にすっと着地できた。

「グース、しっかりつかまっといてくれ」スカリーは必死《ひっし》にたのんだ。いわれるまでもない。わたしは手をのばしてバーガスの首にしっかりつかまった。前に見た、野生の馬にのるむこうみずな男の子みたいに。

「移送完了《いそうかんりょう》」バーガスは報告しながら編隊にもどった。

「みごとだった、バーガス軍曹。ベル兵卒、まずまずのできだ。もっとも投下の仕方はまだまだだ。長官に報告《ほうこく》せねばならん」

「わたしの投下にはなんの問題もないはずです」ベル兵卒は、くってかかった。

「せっかく批評《ひひょう》してやってるのに耳をかたむけない、その反抗的《はんこうてき》な態度《たいど》も報告しておこう」

「ですが……」

「もういい、ベル兵卒。さあ着陸の準備だ。三つかぞえたら翼をたたむぞ。一、二、三、たため！」

三羽はいっせいにはばたきをやめ、大きい翼を体の両脇《りょうわき》にぴったりとくっつけた。そしてそろって飛行を中止し、地面めがけて急降下を開始した。

「ひぇーっ」猛スピードで落下しながら、スカリーがわめいた。わたしはびっくりして声も出なかった。ところがわたしたちをとらえた三羽はだまってなどいなかった。ファーガスとバーガスは急降下しながら歓声《かんせい》をあげた。雪の斜面《しゃめん》に着地すると、トロラヴィアンのトリオはけらけら笑い、その声が丘から丘へとこだました。そのこだまのなかを、全員スラロームですべっていく。空をとんでいるときのままの猛《もう》スピードで、わたしたちは、うたうトロラヴィアンの谷を下へ下へとすべりおりていった。

20　雪の町

ハーメルンでは身近にあるものを利用して家をたてる。木や石で壁を作り、わらを屋根ふきの材料にする。同じようにトロラヴィアンたちも、いちばん手にはいりやすい材料を使う。つまり、雪や氷で家をたてる。

白い風景のなかで白い建物が、月と星の光に洗《あら》われていた。トロラヴィアンの町はうまくまわりの景《け》色《しき》のなかにかくされていた。氷のアーチ道をとおりぬけるまで、町があることに気がつかなかったくらい。大通りをななめに走りぬけるわたしたちにむかって、門番《もんばん》のふたりの衛兵《えいへい》が敬礼《けいれい》した。通りには、背の高い家や店や屋台《やたい》が立ちならんでいた。

戸外をうろつくトロラヴィアンたちで、町はあふれかえっていた。だれもがハミングしたり、口笛を吹いたり、歌をうたったりしながら、用事をすませている。町じゅうに、いろんなメロディーがあふれていた。トロラヴィアンはまっすぐ立つと、ほっそりとした脚《あし》に、ずんぐりした胴《どう》をしていた。翼《つばさ》はたいていい、マントみたいに折りたたんでいる。そして細長い板みたいな足ですべるようにして前に進んでいる。まるで、サボテンがスケートしてるみたい。

すれちがうトロラヴィアンたちはにこやかで、上品だった。スピードを出しているのはわたしたちをつかまえたエリート護衛隊《ごえいたい》ぐらいのもの。ピューッと全速力で通りをすべっていく。

「どきやがれ、このでぶ公！　エリート護衛隊のおとおりだ」ファーガスとバーガスは、とおり道をだれかにふさがれるたびにクラクションがわりの声をはりあげた。

「まったく！　どうして兵隊ってのはあらっぽいの？」赤ん坊《ぼう》を守るために抱きあげた母親が、高いソプラノでうたった。

「ファーガス、バーガス、ベル！　なんてあぶないすべり方だ。長官に訴《うった》えるぞ」年輩《ねんぱい》の市民がさけんだ。

ファーガスは笑っていった。「よろしくいっとくよ。さあさあどきやがれ、のら犬ども。こっちは長官の館《やかた》へむかっているんだ！」

こわいもの知らずの兵隊たちは右へ、左へとかじをきり、わたしとスカリーは命がけでしがみついていた。やがて四角い広場へはいっていき、そこで背の高いオベリスクのまわりを大きく二、三周すると、こんどはせまい小道をすーっとのぼって、大きな広場へと突進《とっしん》していった。

「はね橋をおろせ。城門《じょうもん》をあけろ。われらはエリート護衛隊。大至急《しきゅう》だ！」三羽は巨大なとりでのほうに走っていく。とりではぎざぎざのぶあつい外壁の背後にひかえていた。高い欄干《らんかん》に立つ旗《はた》が、たなびいている。旗は「正義《ジャスティス》の氷《ジャストアイス》だけの館」という紋章《もんしょう》のような文字でかざられている。眠そうな顔をした衛兵ふたりが、さっと気をつけの姿勢《しせい》をした。はね橋をおろすのはまにあわなかったが、あまり関係なかった。なにしろ猛《もう》スピードで移動していたファーガスとバーガスとベルは、広い堀《ほり》をほんとうにとびこえてしまったから。翼をはためかすことすらせずに。

どっしりとした城門が、きわどいところであがった。気づいたときには、とりでのなかにいた。長い廊下《ろうか》をとおり、あいているドアをぬけた。そして松明《たいまつ》がともる広間へ到着《とうちゃく》すると、キキーッと止まった。

「やれやれ」スカリーがつぶやいた。わたしたちは、氷の床の上にどさっとおろされた。

「捕虜《ほりょ》ども、気をつけ！」バーガスがきびしい口調で命令した。いうのはかんたんだけど、実行するのはむずかしい。床がつるつるすべるうえに、つづけざまに空をとんだり雪の上をすべったりしたものだから、頭がくらくらしていた。でも、わたしたちが立ちもしないうちに、バーガスは次の命令をした。

「前へ進め！」

広間はがらんとしていたけど、いちばん奥に、高い背もたれのついたりっぱな玉座《ぎょくざ》がある。肘《ひじ》かけと脚の部分に凝《こ》った彫刻《ちょうこく》がほどこされている。あんまりりっぱで、そこに腰《こし》かけている小柄《こがら》なトロラヴィアンをのみこんでしまうほどだ。どうやら、行政長官《ぎょうせい》らしい。体の前に脚と長い板の足をまっすぐつきだし、自分と同じぐらいの大きさの本をかかえている。表紙に「完全なる法律《ほうりつ》」というタイトルが書いてある。

長官はわたしたちをうさんくさそうに見おろした。どうでもよさそうに鼻歌をうたったり、口笛を吹いたりしている。そしてわたしたちを上から下までなめるようにながめてから、ようやく声をかけてきた。体は小さいが、声はきいたことがないほどふとかった。

「ほう、客人《きゃくじん》か」長官は考えるようにゆっくりうたった。まるでわたしとスカリーのことをどういえばいいかわからないみたいに。「じつにめずらしい。客人がたずねてくるなんてめったにないことだ。ファーガス大佐、説明したまえ」

「パトロール中に国境《こっきょう》で発見したのです、長官。そこでただちにつれてきたしだいです。パスポート不所持《ふしょじ》です」

「パスポートを所持していないだと。なんと、なんと。それはゆゆしきことだ。パスポートなし。ふーむ。バーガス軍曹《ぐんそう》、どう思うかね?」

「かわった生き物ですな、長官。まったくぶかっこうです。翼もなければ、トゲもない。ごらんのとおり、片ほうは二本足、もう片ほうは四本足です。それに足の形もひどくくずれています」

「ふむふむ。まったくだ。なんと小さい足だ。ベル兵卒《へいそつ》、きみの意見はどうかね?」

「はい……」ベルが話そうとすると、ファーガスがさえぎった。

「こいつらはスパイです、長官」

「スパイ!」

「スパイ!」

ファーガスとバーガスは得意《とくい》そうに、言葉《ことば》のキャッチボールをした。興奮《こうふん》して翼をバタバタさせている。

「ちがうわ!」

思わず声が出て、自分でもびっくりだった。

「ちがうわ! わたしたちスパイなんかじゃない。スパイのわけがないでしょ? こんなところへ来るつもりはなかったし、だいいち、ここがどこかも知らないのよ」

ファーガスとバーガスは、わたしの声におどろいてだまりこみ、ふざけるのをやめた。長官がもう一度わたしたちをじっくりながめた。

「なんだって？」

「スパイなんかじゃないっていったんです。わたしはペネロピー。こっちはスカリー。ここがどこかもわかりません。わかってるのは、夢のなかだってことだけ……長官」わたしは念のために「長官」という言葉をつけくわえた。声がしりすぼみになった。夢のなか？　なんであんなこといいちゃったんだろう？　頭がおかしいって思われちゃう。

きっとあきれてる。ところが、長官はやさしい顔をしていた。冷たいニヤニヤ笑いが消えて、ゆっくり、笑顔が広がった。

長官はふとく、すんだ声でこういった。「ははあ、そういうことか。すっかりわすれとった。おまえたちはカスパートの代理できたのだな？　なるほど、やっとわかった。とうとうついたか」

21　魔術師《まじゅつし》とふたりの息子《むすこ》

雲ゆきが変わった。わたしたちは捕虜《ほりょ》ではなく、たいせつなお客さまになった。長官の住む棟《むね》に案内されて、キャンドルがともり、ごちそうがならんだテーブルにつくようにいわれた。長官は上座《かみざ》にすわり、そのうしろにファーガスとバーガスとベルが守るように立った。この雪の国に到着《とうちゃく》してはじめて、わたしはここが寒いことに気がついた。新しいことつづきでめまぐるしかったので、自分がワンピース一枚にサンダルばきなのもわすれていた。いまごろになってふるえがきて、わたしはちぢこまった。体の熱が逃げないように腕《うで》をこすった。

「寒いだろう。これをはおりなさい」長官はそういうと、布のようなものをわたしに手わたした。茶色がかった灰色の地に緑のはん点がついている。わたしはショールのように体をくるんだ。ああ、気もちいい。空気みたいに軽いのに、寒さをしっかり防いでくれる。スカリーもなかにいれて抱いてやった。

「うーん、いい気もち。こんなところでシルクにお目にかかれるなんて思わなかったよ」スカリーはのどをならした。

「この国にはシルクはない。それはドラゴンの皮だ」長官は答えた。

わたしが信じられないような顔をしたらしく、長官は大きくふとい声で笑った。

「うそじゃない、本物《ほんもの》のドラゴンの皮だよ、ペネロピー。となりの国にはドラゴンが住んでいる。山のむこう側だ」

「ドラゴンて、こわいんでしょ？」やわらかなショールをさすりがらわたしはきいた。わたしが想像《そうぞう》するドラゴンは、うろこがあって、乱暴《らんぼう》な生き物だ。

「こわい？ いや、そんなことはない。ただ自分の強さを知らないために、ときどき危険《きけん》なことをしてしまう。まわりだけでなく自分自身に対しても」

「じゃあ、どうして殺すの？」

これをきいて、ファーガスとバーガスはくすくす笑った。長官は目くばせしてだまらせた。

「殺したりはしない」

「でも、なめすには皮をはがなきゃ……」

「いや、ちがう。トロラヴィアンは狩《か》りも、戦争もしない。平和を愛する民《たみ》だ。だがドラゴンはちょっとぼんやりしているので、すぐに迷子《まいご》になる。きのこをとったり、野の花をつんだりしているうちに、自分がどこにいるのかさっぱりわからなくなってしまうんだ。そうしたらもうパニックだ。あちこち走りまわる。しかもドラゴンは疲れ知らずで、すばしっこい。ぐるぐる走りまわるうちに、もといた場所からどんどんはなれていく。遠くまでかけていくうちに、山をこえ、われわれの谷までおりてくることもある。たいていは、国境付近《こっきょう》のパトロール隊に発見されてつれもどされる。だが、不運にも発見されずに命を落としてしまうドラゴンもいる。ドラゴンの国はあたたかく、すごしやすい。この国の気候《きこう》では長くはもたないのだ」

「死んじゃうの?」

「残念《ざんねん》ながら」

「かわいそうに……」故郷《こきょう》から遠くはなれた場所でこごえ死に、わたしの肩《かた》にかかっているショールになりはててしまったドラゴンが、心からきのどくだった。

「まったくもってかわいそうだ。だが、起きてしまったことは、どうすることもできない。われわれトロラヴィアンは音楽が好きなだけでなく、実用本位《じつようほんい》で倹約家《けんやくか》だ。亡《な》くなったドラゴンをむだにしないで、皮はなめし、肉は食べることにしている」

「げっ」スカリーが思わず声をあげた。なにしろちょうどそのとき、わたしたちは、精力《せいりょく》がつきそうなくし焼きを食べているところだったから。くしにささっていたのは、ニンジン、カブ、そしてえたいの知れない肉。

食べながらわたしは、ハーメルンについて話した。ネズミのこと、笛吹きのこと。行方不明《ゆくえふめい》になった子どもたちのこと、わたしの耳がきこえなくなったこと。そしてわたしのディープ・ドリーミングの才《さい》能《のう》のことも。あまりにもふうがわりな話で、話している自分の言葉《ことば》が信じられないくらい。でも長官はうなずきながら、わたしの話に耳をかたむけて、ときどき質問もしてきた。話がおわり、料理をたいらげると、気が大きくなったわたしは自分からも質問してみることにした。

「長官、どうしてカスバートを知ってらっしゃるんですか?」

長官はにっこり笑った。

「カスバートとは、ずいぶんむかしからの知りあいだ。ペネロピー、きみの質問にはちゃんと答えよう。でもその前にわたしの話をききなさい。ふしぎな話だが、だれでも知っている。ファーガスやバーガスやベルは、赤ん坊のころから何度となくきかされたことだろう。それはいわば、トロラヴィアン誕生《たんじょう》の物語《ものがたり》ともいえる」

護衛隊《ごえいたい》の面々がうれしそうにふーっと息をはいた。どんな物語か知らないけど、きくのもうんざりって話じゃないらしい。

長官は話しはじめた。「むかしむかし、きみたちの国でもわが国でもないどこかの国に、大きな力をもった魔術師《まじゅつし》が住んでいた。魔術師にはふたりの息子《むすこ》がいた。妻は次男のお産《さん》で亡《な》くなった。魔術師は再婚《さいこん》せずに、ひとりで息子たちを育てた。息子たちにも魔術を身につけさせたい、そう願っていた。自分は魔術を世のなかのためになることに使った。息子たちにもそうしてもらいたい。魔術師は息子たちに幸運《こううん》をもたらすまじないを教えた。悲しみにくれる心をいやす魔法《まほう》をさずけた。病気をなおす薬草《やくそう》を見せてやった。

ある日、魔術師は病《やまい》にたおれた。どんな呪文《じゅもん》や薬も自分の病気の進行をとめられない。うわさでは、魔術師の力をしのぐ邪悪《じゃあく》な魔法つかいにのろいをかけられたということだった。そうだったのかもしれんし、そうでなかったのかもしれん。いずれにせよ病気になり、やがて死んでしまった。

魔術師が息を引きとったとき、息子たちはまだ大人になりきっていなかった。父親がもう少し長生きしていたら、息子たちのなかにまいた善《ぜん》の種をはぐくんでやれただろう。いかにも、弟にまかれた種は、芽《め》を出した。それは弟のなかでしっかりと根づき、育った。ところが兄にまかれた種は、死んでしまった。

父親亡きあと、弟は長い旅に出た。とどまる理由はなかった。その国のならわしで、家や財産《ざいさん》は長男のものとなった。弟とわけてもよかったのだが、兄にはその気はなさそうだった。弟はそれをこころよく承諾《しょうだく》し、冒険《ぼうけん》の旅に出るチャンスと考えた。弟は兄を抱きしめた。自分の運命を受けいれ、旅に出た。ところで、亡くなった善良《ぜんりょう》な魔術師は本をたくさんもっていた。なかには黒魔術《くろまじゅつ》の秘密《ひみつ》が書かれた本もあった。兄は、だれも止めないのをいいことにそれを学びはじめた。読めば読むほど、黒魔術によって得られる力がほしくてたまらなくなる。ある日、ほこりをかぶった古い本のなかにおもしろい呪文《じゅもん》を見つけた。それはただのアシの葉をおそろしい笛に変える呪文だった。笛を吹く者には、その音をきいた者を支配《しはい》する力がそなわる。はじめてその本を読んだとき、兄は笑いとばした。くだらない絵空事《えそらごと》にすぎないと思った。それでもいちおう、アシの葉をひろってきて笛を作った。本に書いてあるとおりの言葉をとなえ、アシの笛をくちびるにつける。そして吹いてみた」

長官はここでひと息ついた。

「だれの話か、もうわかるだろう」

「笛吹きね」

わたしが「笛吹き」という言葉を口にすると、長官のいすのうしろに立つ護衛隊のみんなが、はっと息をのんだ。翼《つばさ》をバタバタさせながら、おびえた声でその名をくりかえす。

笛吹き、笛吹き、笛吹き。

「そのとおり。笛吹きだ。そして、その呪文が本物だったこともわかるだろう。さいしょのうち、笛はただのおもちゃだった。鳥に魔法をかけて、いちばん高い木の枝からいちばん熟《う》れたくだものをもいでこさせるとか、テーブルの上でネズミに宙《ちゅう》がえりをさせるとか、クマにたきぎをもってこさせるとか、そんなことに使っていた。そのころはまだ、もっと大きい力をためしてはいなかった。

そんなある日、弟が旅のとちゅうで兄のもとに立ちよった。弟は亡き父から教わったことをまじめに実行していた。よりいっそう、善良な人間になっていた。兄は、弟に再会してもうれしくなかった。自分がえらんだ道を弟がみとめないことはわかっていたから。それでも、新しく身につけた力を自慢《じまん》せずにはいられなかった。見せびらかしたくてたまらなかったのだ。魔法の笛を吹き、リスにしっぽで本棚《ほんだな》のほこりをはらわせたり、月明かりのなかでキツネにダンスをおどらせたりした。たあいないあそびとはいえ、弟は心配になった。ゆくゆくどういうことになるかは、目に見えていた。弟は、兄が自分のいうことなどきかないことがわかっていた。なんとか兄を止める方法を考えなければ。そこで弟はある計画を立てた。そして機《き》が熟《じゅく》すのをまった。

ある晩、兄弟はそれぞれのベッドに横になった。そして子どものころのように、あれこれ話をした。子ども時代や父親の思いで。父親が話してくれた物語。ふたりでしたいろんなあそび。

『あれ、なんていったっけ?』弟は兄にたずねた。『ほら、いつも寝るときに父さんがしてくれた話のなかに出てきた生き物? 兄さん、おぼえてる?』

『トロラヴィアンだろ。顔と腹はトロールで、脚と翼は鳥』兄は笑って答えた。

『それそれ! 沈まない月の下に暮らしている』

『あの国では何もかも雪と氷でできていた』

『しゃべり言葉が、歌なんだ。うたうトロラヴィアンって呼ばれてた』

『くだらない！』兄は笑った。

『まあね。だけど父さんがこの話をしたのにはわけがあった。父さんがこの話を使ってぼくらにディープ・ドリーミングの訓練《くんれん》をさせたのをおぼえてる？』

『おぼえてるとも。まず父さんがトロラヴィアンの話をする。で、おれたちは眠りについて、トロラヴィアンの夢の世界へすべりこむ』

『ふたりで競争《きょうそう》したよね。どっちが先にあっちの国へつけるか。どっちが長くいられるか』

『ああ。勝ったのはいつもおれのほうだった』

『兄さんに有利《ゆうり》だったんだよ。ディープ・ドリーミングの才能《さいのう》は、兄さんのほうが上だったから』

『そうとも。むかしも、いまもな！』

『ほんとにそう思う？　この手のことって、変わるものだからさ』

『おれに挑戦《ちょうせん》する気か？』

『いや、そんなんじゃないよ。むかしみたいに競争してみたいだけだよ。兄さんの力がそんなにすごいなら、ぼくなんてちっともこわくないだろう』

『よしわかった。じゃあ寝よう。トロラヴィアンの地で再会だ』

そうやって兄弟は眠りについた。ふたりは夢を見た。そして、ひとりずつやってきた。ここトロラヴィアンの国へ」

そのとき、遠くで時計がなった。のんびりとした鐘《かね》の音が十二回、トロラヴィアンの国の冷たい空にひびきわたる。スカリーが大あくびをした。かくそうとしたけれど、長官に見つかった。

「失礼」スカリーは、ばつが悪そうにいった。

わたしは、メロディーのように上がったり下がったりするトロラヴィアンの話し方にすっかりなれていたので、ふしがついてないふつうの話し言葉をきくと、かえってしっくりしなかった。長官は、スカリーがあやまるのを見ておもしろがった。笑い声まで、歌だった。

「あくびも出るだろう、スカリー。もうおそい。はるばる遠くまでやってきたうえに、まだまだ先は長い。ベルが部屋《へや》に案内する。あしたもベルに、お供《とも》をさせよう」

ファーガスとバーガスが、そろって息をのんだ。ベルはぽかんとしている。ファーガスが一歩前に出ていった。

「お言葉ですが、長官。ベルはエリート護衛隊では下っぱです」

「わかっておる、ファーガス大佐」

バーガスがあとをつづけた。「つまり、そのですね、長官。ベルは昇進《しょうしん》したばかりで、いわゆる経験《けいけん》不足です。つまり、現場をほとんど知りません」

「ご忠告《ちゅうこく》は感謝《かんしゃ》するよ、バーガス軍曹。だが、そちらもよく承知《しょうち》している」

「つまりですね、長官。ベルは単独任務《たんどくにんむ》の経験がまったくありませんし、危険《きけん》に対処《たいしょ》できるかどうか……」

「ファーガス大佐にバーガス軍曹。もうきめたことだ。あしたはベルが友人らのお供をする。ふたりを国境へつれていき、旅だちを見おくるのだ。重要《じゅうよう》な任務だが、むずかしくはない。そして無事《ぶじ》おえることができたら、伍長《ごちょう》に昇格《しょうかく》させる。わたしはベルを心から信頼《しんらい》しているからね。以上。君たちふたりはさがってよろしい」

「は、はい、長官……」ファーガスとバーガスが同時にブツブツいう声がした。ふたりはおじぎをし、回れ右をして部屋から出ていった。

ふたりが行ってしまうと長官はいった。「すまなかったね。あのふたりは優秀《ゆうしゅう》な兵士だが、頭に血がのぼりやすい。たしかな相手にきみたちをまかせたいと思う。だいじょうぶだね、ベル君？」

ベルはあっけにとられていたので、うなずくのがやっとだった。

「では、もう寝なさい。おやすみ」

「ちょっとまって、長官！　お話は？　つづきはどうなるの？」わたしはたずねた。「笛吹きはどうなったの？　弟は？　カスバートはいつ登場《とうじょう》するの？」

長官はにっこりした。「待てば海路《かいろ》の日和《ひより》あり、というだろう。じきにわかる。ベル、お客さまを上へ案内してくれるかね」

長官は立ちあがった。そして氷の床をすいすいすべりながら広間を出ていった。

「さーて。じゃあ、わたしについてきて」ベルは豊かなアルトでうたった。

ベルはたいせつな任務にそなえて背筋《せすじ》をしゃんとした。そして細長い足でらせん階段をのぼり、わたしたちをいちばん上の部屋へと案内した。

22　鏡《かがみ》のなかの月

わたしの家にはハープはたくさんあるけど、鏡はひとつしかない。鏡台《きょうだい》についているものだ。わたしの年さえしのぐ古い鏡。長年使ってきたせいで表面がくもっている。うつることはうつるけど、ぼんやりかすんでいる。そのほうがつごうがいい。百一歳にもなると、いいかげん自分の顔も見あきてしまう。もう顔の色つやをたしかめたいとも思わない。近くで見たところで何が見える？　しわがまた増えたのがわかるだけだ。わたしの顔の上に網《あみ》の目のように走るしわ。ほおの傷《きず》でひとつにつながる。まるで細長い支流《しりゅう》が大きな川に流れこむように。

ハーピー、ハーピー、傷顔《きずがお》やーい、しわくちゃの干《ほ》しスモモ
ハーピー、ハーピー、傷顔やーい、お月さまより年よりだ

いじわるなメロンと弱虫の子分たちは、こういってばかにする。たしかにあたっている。でも、やはり傷つく。あの子たちが、わたしがどこにいって何を見たか知ったら、そうそうからかえないだろう。なぐさめが必要なときには、こう思うことにしている。あの子たちの人生なんてたかが知れている、わたしの半分も経験《けいけん》できないだろう、って。あいつらは友だちや近所の子たちの救出《きゅうしゅつ》をたのまれたりしない。勇気がためされることも、ほんとうの危険《きけん》がどんなものか知ることもないだろう。ましてや、口が

きける猫といっしょに夢のなかを旅することもないはず。トロラヴィアンの歌声がどんなに楽しいかも知ることはないだろう。メロンの脳《のう》たりん仲間《なかま》がうろちょろするときや、あの子たちのくちびるから卑《ひ》劣《れつ》な言葉《ことば》を読みとったとき、わたしはいつも、ベルのことやベルがうたってくれた月の歌を思いだす。

わたしは百一歳だけど、きのうのことのように思いだせる。ベルが、スカリーとわたしを「正義《ジャスティス》の氷《ジャストアイス》だけの館《やかた》」のてっぺんにある部屋《へや》へと案内してくれたときのことを。高窓《たかまど》のむこうで月がかがやいていた。暖炉《だんろ》では火がもえていた。うれしいことにベッドの上には毛皮《けがわ》のガウンがおいてある。わたしは急いでそのなかへもぐりこんだ。スカリーは、わたしの肩《かた》のあたりに陣《じん》どった。

「ぐっすりおやすみなさい。朝になったら起こしにきます」ベルがいった。

「朝が楽しみだ。雪と氷の町が太陽にきらめく姿はさぞかしすてきだろうな」スカリーがいった。

「太陽？　やだ、ここには太陽なんてありゃしないわ。太陽はドラゴンのもの。トロラヴィアンは月や星のほうが好きなの」

「お日さまは出ないの？」

「ええ」

「じゃあどうやって夜と朝の区別をつけるの？」

「かんたんよ。朝ごはんのしたくができたときが、一日のはじまり。はやくに朝ごはんをもってくるから、もう寝たほうがいいわ。はやくねむれるように子守《こもり》歌をうたってあげる。トロラヴィアンの月の賛歌《さんか》よ」

まんまるの金ぴか

星たちのお姉さん
光をふらせる
遠くかがやいて
めぐみの雨をふらせて
家や農場をてらして
悪《あく》や危険《きけん》から
わたしたちを守ってくれる

「きれいだなあ」スカリーは、ほーっと息をもらした。そして目をとじて、ゴロゴロいいはじめた。

「いい夢を、ペネロピー」ベルはそういって、かがんでおやすみのキスをしようとしたけど、思いなおした。たぶん、あまりにも兵隊《へいたい》らしくないと思ったんだろう。かわりに、大きい翼《つばさ》でわたしの頭をさっとなでた。わたしは、ベルがほっそりした足でそっと部屋を出ていく姿をにっこり見おくった。

わたしは、目をあけたまま横たわっていた。部屋は月の光で明るいけど、眠れないのはそのせいじゃない。いろんな思いが、もつれてほどけないひもの結び目みたいに、頭のなかにいすわっていた。笛吹きとその弟はどうなったの？　スカリーとわたしはどうやってここへ来たの？　これからどこへ行くの？

「いい夢を」さっきベルはそういった。でもこんなにわからないことだらけじゃ、眠れるわけない。だいいち、わたしはとっくに眠っているんじゃなかった？　すでに夢のなかにいるんじゃなかったっけ？　しかも、これって自分の夢でもない。わたし、トロラヴィアンの話なんか考えだしてない。魔術《まじゅつ》師《し》がふたりの息子《むすこ》を楽しませるために話した物語《ものがたり》だ。物語をきいた息子たちは、夢を見た。そしてなぜか、わたしはこの妙《みょう》な才能《さいのう》のおかげで国境《こっきょう》をこえ、ふたりが作った夢の国へとやってきた。

このトロラヴィアンの国で、目をとじて眠ったら、どうなる？　夢のなかの夢のなかで夢見るってことにならない？　それって、どこでおわるの？　どうやっておわるの？　夢がどこまでも永遠《えいえん》につづいちゃうかもしれない。そうなったらわたしは、どうなっちゃうの？　だんだんちぢんで、ぼやけちゃう？　それともぱっと消えちゃうの？

「鏡のなかの鏡みたい」わたしはひとりごとをいった。すると、まるで呪文《じゅもん》でもとなえたみたいに、かがやくトロラヴィアンの月から、部屋のすみに置いてある背の高い姿見《すがたみ》にすーっと青白い光線がおりてきた。そのふしぎな光はどんどん強くなり、まぶしくてわたしは思わず目をおおった。鏡の表面が細かくふるえている。静かな池に小石を投げこんだみたいに。

おそろしいやら、どうなるか知りたいやらで、わたしは、大いびきをかくスカリーからはなれた。氷の床をそっと歩き、おそるおそる鏡に近づいていく。ついに鏡の前に立つと、そこにはわたしがうつっていた。でも、うつるはずのわたしじゃない。鏡のなかにいたのは、ハーメルンの自分のベッドで寝ているペネロピーだった。片側には母さんがひざまずいて手をにぎってる。反対側には父さんがすわり、手をひたいにおいている。でぶ猫スカリーワグルは、わたしの胸《むね》の上で眠っていた。ベッドのすそのほうでいすに腰かけているのはアロウェイ。ハープで曲をかなでている。その足もとには老犬ユリシーズが寝そべっていた。

鏡の像《ぞう》はぼやけていた。赤くもえる残り火から立ちのぼる熱のゆらゆらをとおして見てるみたい。残してきたものが恋しくてたまらなくなり、わたしはぜんぶ抱きしめるみたいに手をのばした。すると、鏡の像がきりかわった。手を動かしたせいで、水がにごってしまったみたい。こんどは、やさしそうな老人の顔があらわれた。遠くはなれためざめの世界から、わたしにむかってほほ笑みかけている。たいせつな友人の顔。やっぱり、ぜったい約束《やくそく》を守ってくれるんだ。

23 鏡《かがみ》をとおって来る者

鏡のなかにわしの姿をさがしてごらん。

そういわれた。そしていま、鏡のなかにその姿はあった。

「カスバート！」

「よくやったぞ、ペネロピー。きみを信頼《しんらい》したわしの目にくるいはなかった」

「ああ、よかった、会えて。それに声もきけて。カスバート、耳がきこえるようになったの。それにスカリーもいっしょよ。口がきけるの！　ここじゃ、猫もおしゃべりできるのよ！」

「トロラヴィアンが親切《しんせつ》にもてなしてくれているといいが。めったにお客さんは来ないから」

「じゃあ、トロラヴィアンを知ってるのね？　カスバートもここへ来たことがあるの？」

「一、二度ね。あいかわらず美しいメロディーを口ずさんでいるのかい？」

「なんでもかんでも歌よ」

「魔術師《まじゅつし》とふたりの息子《むすこ》の話はもうしてもらったかな？」

「うん」

「では、どうして笛吹きが生まれたかもわかったね」

「うん。長官の話だと、黒魔術《くろまじゅつ》に心をうばわれた笛吹きが魔法《まほう》で自分の笛を作ったの。そのうち笛吹きは、もっと大きな力をのぞむようになった。弟は兄さんの力が大きくなりすぎないうちにやめさせようとした。ふたりは夢のなかにあるこの国へやってきた。そして何かが起こったんでしょ。ね、なんなの？」

「よくききなさい、ペネロピー。わしは年よりで体が弱っているから、長いこと鏡のなかにいられない。何もかも長官が話したとおりだ。ふたりの兄弟はトロラヴィアンの国をおとずれることにした。子どものころよくしたようにね。だが、笛吹きは知らなかったが、弟は前の晩にひとりでトロラヴィアンの国を訪問《ほうもん》していた。弟は長官にあらいざらい話し、助けを求めた。長官はできるかぎりの手助けをすると弟にうけあった。

その夜、笛吹きと弟は目をとじた。笛吹きはたちまちぐっすりと眠りこんでしまった。そして夢を見て、旅をした。だが弟のほうは、眠っているふりをしているだけだった。まぶたはとじていたが、目はしっかりさめていた。そして、兄がトロラヴィアンの国境《こっきょう》につくのをまった。

先についた笛吹きは、むかしのように国境をすどおりしようとした。ところが、長官の命を受けた護《ご》衛隊《えいたい》は、入国にあたって新しい規則《きそく》ができたとつげた。いくつか質問に答えなくてはならない。どんな用事で来たのですか？　滞在《たいざい》期間《きかん》はどれぐらいですか？　オレンジのもちこみがかたく禁《きん》じられているのはごぞんじですか？　護衛隊は一時間以上笛吹きを引きとめた。そしてそのあいだに、弟は計画を実行にうつした。

兄弟の母親は、ハープをもっていた。ハープを愛し、美しい音色《ねいろ》をかなでたものだった。母親が亡《な》くなったとき、父親はそのハープに覆《おお》いをし、鍵《かぎ》のかかった部屋《へや》にしまいこんだ。思いだすと胸《むね》がはりさけそうで、とても見ていられなかったのだ。その夜、弟はそのハープを鍵のかかった部屋からもちだし、笛吹きの眠る部屋へと運んだ。そしてそれを笛吹きのベッドの横におき、魔術師である父親の本でおぼえた言葉《ことば》を口にした。ハープがひとりでに音色をかなでる呪文《じゅもん》だ。ゆっくりと、慎重《しんちょう》に、悲しい気もちで。弦《げん》をつまびく指もないのに、ハープは甘いメロディーをひびかせた。

うっとりするような音色だった。まるで草原を流れる小川のせせらぎ、高い木をわたる南風のハミング。そしてそれは眠りの呪文をとなえる魔法の音色だった。魔法をかけられた者は、ハープの演奏がつづくかぎり眠りからめざめない。それが、弟のねらいだった。ハープをベッドのわきにおいて呪文をとなえ、実の兄である笛吹きを、眠りの壁《かべ》でかこまれた牢獄《ろうごく》にとじこめる。笛吹きは自分の夢の世界から出られない。弟はこんな思いきった手段《しゅだん》をとらねばならないことに、深く心を痛めた。だが、わかっていた。兄がとてつもなく危険《きけん》なことをたくらんでいるのが。そしてそんな兄を止める方法は、ほかに思いつかなかった。

弟は兄のひたいに別れのキスをすると、家の階段《かいだん》をかけおり、夜の空気のなかへとびだした。家とむかいあって立ち、最後の呪文をとなえた。すると、鉄格子《てつごうし》よりもふとい茎《くき》のつる草がからみあいながらのびてきて、子ども時代をすごした家のまわりを取りかこんだ。弟はその光景を涙でかすむ目で見まもった。やがて、うしろをむいて走りだした。弟が地面を踏《ふ》むたびに、背の高い木がその背後《はいご》にそびえ立った。弟は何マイルも、何マイルも走りつづけ、とうとう疲れきって地面にたおれた」

わたしはカスバートの話を全身耳にしてきいた。とてもじゃないけど、信じられない。カスバートは大急ぎで話していた。沸騰《ふっとう》したやかんから湯気が吹きだすみたいに、ぽんぽん言葉がとびだす。

「でも、カスバート、どうなってるの？　どうして笛吹きはまたこの世にもどってきたの？」カスバートがひと息ついたとき、わたしはきいた。

「どうしてって？　そこが悲しい現実《げんじつ》なんだよ。呪文のききめは、それをとなえる魔術師の力量《りきりょう》しだいなのだ。笛吹きを夢の世界にとじこめた魔術師の弟は、未熟《みじゅく》だった。修行《しゅぎょう》がたりず、年も若かった。しかも悲しみにうちひしがれていた。うっかりしている点がたくさんあったのだ」

「たとえば？」

「年月がたつにつれて魔力が弱まること。ハープにかけた呪文がとけはじめると、音楽の力もしだいに小さくなる。魔術師の体がおとろえるにしたがい、演奏《えんそう》のペースが落ち音も小さくなる。笛吹きをおさえつけていた眠りの力が弱まってしまうのだ。そうなると笛吹きは、めざめの世界と夢の世界をしきるカーテンをかんたんにあけて、両方の世界をなんなく行き来するようになる。もうすぐ、ハープの演奏は完全にやんでしまう。笛吹きが目をさます。人目のつかない場所にしっかりかくされていたので、時間の影響《えいきょう》さえ受けていない。だから弟とちがって、笛吹きは年をとっていない。まだ若く、力がある。しかも腹を立てているはずだ。まちがいない」

「笛吹きが目をさましたらどうなるの？」

「そんなこと、あってはならない」

鏡にうつるカスバートの姿がぼやけ、うすれはじめた。

「ペネロピー、わしはもう行かねばならん」

「まって！」

「幸運《こううん》をいのる」

そしていま、カスバートの顔があった場所には、目をまるくして青ざめているわたしの顔しかうつってはいなかった。ひざがくがくして、歯ががちがちいう。わたしはベッドにもどり、毛皮のガウンの下へもぐりこんだ。スカリーがのびをして、かすかに身じろぎしたけれど、目はさまさなかった。わたしはスカリーをぎゅっと抱きしめて、万年月を見あげた。そしてそのまま、横たわっていた。うたうトロラヴィアンの国で朝といわれている時間がおとずれるまで。

24　あかされた真実

「ここでおわかれね」ベルがうたった。

わたしたちは月あかりにてらされて、山の上のせまい台地に立っていた。上のほうには雪をかぶった頂《いただき》がそびえている。こんなに高いところまでくると、下界は雲にさえぎられてぼやけていた。目の前にある雲は畑のうねみたいにどこまでものびている。遠くの雲は、ピンクにかがやいている。これからむかうどこかの国の空高くに、太陽があるしるしだ。

「いろいろありがとう。すごくいいのり心地《ごこち》だったよ」スカリーはいった。それからのびをし、あくびをし、足をなめ、顔を洗った。

ベルは顔を赤らめ、おどけたしぐさでていねいにおじぎをした。「どういたしまして。快適《かいてき》な空の旅ができてよかったわ。もっとついていってあげたいけど、国の外へは一度も出たことがないから。ドラゴンがいて、太陽が出てる。わたしのいる場所じゃなさそうだわ。わたしにできるのは、安全をいのることと、旅をつづける前に栄養《えいよう》をつけてもらうことぐらい。少しだけど食糧《しょくりょう》をもってきたの一食べ物をもらえるのはありがたかった。ベルの体に皮《かわ》ひもでくくりつけたバスケットにのって、雪原の上を何時間もとんだ。よかった、長官がもたせてくれたドラゴン皮のショールがあって。長官とは出発の前に、もう一度会った。

長官はいった。「きっとこれが役だってくれる。こんなに寒い場所にはまだなれていないだろうし、長い空の旅でかぜをひくかもしれない。どこかで少し休むといい。その顔では、ぐっすり眠ったとは思えないからね」

長官はすごくやさしい顔をしていた。すべてお見とおしみたいなウィンクをしてきたので、わたしは夜のあいだに見ききしたことを洗いざらい打ちあけた。長官は、うんうんうなずきながらじっくりきいてくれた。少しもおどろいてない。

「ああ、カスバートがそんな年よりになってしまったとは」長官はいった。

「カスバートとどうやって知りあったの」

「古い友人でね。もっともずいぶん顔をあわせていないが」

「で、カスバートの話はぜんぶほんとうのことなの？」

「カスバートは、けっしてうそをつかない。カスバートの話したとおりだ。われわれは呪文《じゅもん》がかけられているあいだ、笛吹きを引きとめた。めざめの世界にもどれないことを知ると、笛吹きは大声でわめきちらした。金きり声でありとあらゆるおどし文句をならべた。でも、われわれはひるまなかった。トロラヴィアンは音楽の民《たみ》だ、笛吹きが吹く笛の音にわれわれを支配《しはい》する力はない。われわれは笛吹きに、国外退去《たいきょ》を命じた。口ぎたない言葉《ことば》をはきながら、雪のなかをいばって歩いていく姿を見たのが最後だ」

「それでどうなったの？　いまどこにいるの？」

「それはわたしにもわからない。わかっているのは、わが国の国境《こっきょう》からはるか遠くに、小さいながらも自分の王国をきずいたということだけだ。さあ、旅をつづけなさい。ベルができるだけ遠くまで送っていく」

「最後にもうひとつだけいい？」バスケットにのりこむとき、わたしは長官にたずねた。

「なんなりと」

「カスバートのこと。このなぞなぞみたいな話と、どう関係があるの？」

長官は、長いことだまって考えていた。

「何もかも話すのは気がすすまなかったのだが、知る権利《けんり》があるな。カスバートこそすべての口火を切った人物だ」

「どういうこと？」

「呪文をとなえる。魔法《まほう》をかける。年老いている」

「ということは……」

「そうだ、ペネロピー。さあ、姉さんを救《すく》いに行きなさい。姉さんはカスバートの兄にとらわれているのだ」

空をとんでいるあいだも、山の上の台地に着陸《ちゃくりく》してからも、わたしは長官の言葉を何度も思いめぐらした。笛吹きの弟。カスバートは、なんて重荷《おもに》を背負《せお》って生きてきたんだろう。

「ペネロピー！」

ベルのすんだ声がして、わたしははっとわれに返った。

「出発する前に何か食べておきなさい」

ベルはブランケットを地面に広げ、食べ物を並べた。ハミングしたり、口笛を吹いたりしながら、したくをととのえる。

「こんなものしかないけど」ベルはすまなそうにいった。

「あれだけとべば、きみだって、おなかがぺこぺこだろう?」スカリーはいった。

「ぜんぜん。あれぐらいなんでもないわ。輸送部隊《ゆそうぶたい》にいたときには、もっと重い荷物を、もっと遠くまで運んでいたもの。部隊はじまって以来の、はやさと力をほこる兵隊《へいたい》だったんだから。それでエリート護衛隊《ごえいたい》に昇進《しょうしん》できたの。今はまだ兵卒《へいそつ》の身だけど、さらに上をめざすつもり」

ベルは夢見るような目で語った。きっと、大将《たいしょう》になる日を想像《そうぞう》しているのだろう。

「少なくとも伍長《ごちょう》への昇格《しょうかく》は目前《もくぜん》だ。そこからが勝負だね」

「そうね。さあ、つまんでちょうだい。レモネードにバタークッキーよ。この国を去る前に、ぜったい食べてもらわなきゃ。バタークッキーはトロラヴィアンの名物《めいぶつ》なの」ベルはうれしそうにうたった。

「なんで緑色?」ベルが缶《かん》をあけたとき、スカリーがたずねた。

「何いってるの。バタークッキーが緑色なのはあたりまえでしょ。緑色じゃなかったらバタークッキーとはいえないわ」ベルは高らかにうたった。陽気な笑い声がひびきわたる。

スカリーとわたしは、クッキーをほおばった。

「こりゃおどろいた。バタークッキーはあんまり好みじゃないが、これはいける」スカリーはうれしそうにいった。

「すごくおいしいわ」わたしもうなずいた。ベルは満面《まんめん》の笑みをうかべた。ベルとお別れだと思うと、悲しかった。ベルがいてくれたら勇気百倍《ゆうき》なのに。それに、こんなに高い山をおりるなんて、ぞっとする。長くて、そして危険《きけん》な旅になるのは目に見えている。

「おいしいにきまってるじゃない！　神さまなんているのかしらって疑《うたが》いたくなるときには、バタークッキーを思いうかべるの。バタークッキーと歌を。そのふたつがあるだけで、どんな姿をしているかわからないけれど、どこかにかならず私たちを見まもってくれる存在がいると信じられるわ」

「歌をうたえるのは才能《さいのう》ね。わたしの姉さんの声もすごくきれいなの」

ソフィー！　今どこにいるの？　心配が顔に出たのか、ベルは同情の声をあげた。

「きっと見つかるわよ。そしていっしょに家にもどれるわ。わたしもソフィーに会いたいわ。歌声をきいてみたいもの」

「まるで天使さ。天使の歌声だよ」スカリーはいった。

「あなたはどうなの、ペネロピー？　うたえるの？」

「ダメダメ。音楽は好きだけど、わたしの声はさびた蝶番《ちょうつがい》みたい」

「うそでしょ？　うたわないなんて考えられない。トロラヴィアンなら、うたえないぐらいなら死んだほうがましって思うはずよ。ねえ、ペネロピー、ヨーデルならうたえるでしょ」

「ヨーデル？　やだ。むり」

「どうして？　ヨーデルならだれでもうたえるようになるわ。よかったら教えてあげる」

ベルはブランケットの上に、長い脚《あし》で立ちあがった。そしてこれからうがいをするみたいに頭をそらせた。大きく口をあけて、とんでもない声を発する。

「ヨーデル　オーデル　オーデル　オーダ　レイディー　オオー！　ヨーデル　オーデル　オーデル　オーダ　レイディー　オオー！」

その声は山の頂から頂へとこだまして返ってきた。

「さあ、あなたの番よ」

「ねえベル、むりだってば」

「何いってるの。スカリー、あなたもよ」

いっしょにヨーデルオーデルやらないことには、ゆるしてもらえそうになかった。そこで笑いながら、わたしたちは頭をそらせた。そしてのどをひらいた。

「イパ　イパ　ヨパ　オーラ　イー　ア　ホー！　イパ　イパ　ヨパ　オーラ　イー　ア　ホー！」

「じょうず、じょうず」ベルはほめてくれた。もしもこのときゴロゴロと不吉《ふきつ》な音がしなかったら、そのままやっていただろう。

「なんの音？」

ゴロゴロはしだいに大きくなり、やがて地ひびきに変わった。山頂のほうを見あげると、わたしたちの楽しい歌声につき動かされた雪のかたまりがみえた。「なだれだわ！」かろうじてベルがさけんだ次の瞬間《しゅんかん》には、あとからあとから押しよせる白い雪の波にのみこまれ、ものすごいはやさでふもとのほうへと流されていた。

25　二度目の訪問《ほうもん》

父さんはいつも、弟子《でし》にいっていた。ハープは真の友人だと。「わがままはいわない。だが、ないがしろにしちゃいけない。要求は少ないが、何を必要としているか注意をはらわないといけない。さもないと、いつかうらぎられる。暖炉《だんろ》のそばにハープをおきっぱなしにしちゃいけない。窓の近くや、湿気《しっき》から遠ざけておくこと。そしていちばんだいじなのは、つねに調律《ちょうりつ》をしておくことだ。長いこと調律をおこたると、ハープはうたい方をわすれてしまう。声が枯《か》れる。木と弦《げん》のおりなす楽しげでにぎやかなハーモニーが消え、耳ざわりなうめき声しか出なくなる。ハープをもつ者は演奏《えんそう》するしないにかかわらず、調律をしてやらなければならない。でないとハープに対して罪《つみ》をおかすことになる」父さんの言葉《ことば》が頭にしみついている。だから、百一歳になった今でも、わたしはたくさんあるハープの調律をする。

サクラ、ブナ、オーク。バルサム、カラマツ、トネリコ。かたい木、やわらかい木、なめらかな木、ざらざらした木。合う合わないはあるけれど、ハープになれない木はない。手にはいる木はどれも、それぞれちがった性質をそなえている。ひょうきん者にむっつり屋。やさしかったり、いじわるだったり。木の性質を知ることはハープ職人にとってもっともたいせつな才能だ。木にかくされた秘密《ひみつ》を知る者だけが、どう形づくり、どう彫《ほ》りきざみ、どう曲げ、どうけずればいいのかわかる。だからこそ、その木の運命《うんめい》にしたがったハープは、できあがったとき真実《しんじつ》しか伝えない。

ものを書くときにいちばんたいせつなのは、真実を伝えることだ。少なくともわたしにはそう思える。

書きあがったものが真実を伝えていなかったら、言葉をこんなふうに並べることにどんな意味があるだろう？　わたしが秘密《ひみつ》をいくつか解放《かいほう》したい気になったのも、真実を伝える作業《さぎょう》をしているせいかもしれない。ずっと胸にしまいこんできたせいで、重たくなってしまった。だから打ちあけようと思う。だれにも話したことはないけれど、わたしのハープにはひとつひとつ名前がついてる。ロザムント、ティトス、ヤスペリナ、コリント。きめたのはわたしじゃない。オンディーヌ。クラリス。冒険屋《ぼうけんや》のベルトラント。おとなしいヨハンナ。ハープが自分で自分の名前をえらぶ。むこうがその気になったときに、名前をあかしてくれる。

今朝《けさ》は、マダム・デラコルデの調律をしていた。すると、窓からさしこんでいた日の光が、影にさえぎられた。羽かざり、ぼうし、頭の形。あの男だ。くちびるにあいさつの言葉を読みとるまでもなく、わかった。

「こんにちは、ペネロピーさん！」

ミカだ。この前来たときからもう一週間がすぎたんだろうか？

「こんにちは」

「美しいハープですね」

「ありがとう。けっこうなおばあさんだけどね。同じおばあさんとしては、そういうほめ言葉はめったにきけないから、うれしいね」

「どうしてこのハープがおじいさんじゃないとわかるんです？」

「わかる人にはわかる。親は自分の子がわかるだろう。かんたんなことさ。さあ、そんなところでぐずぐずされたら迷惑《めいわく》だ。窓からはいる光をさえぎられるくらいなら、さっさとなかへはいってもらうほうがましだよ」

正直いって、ミカに会えてうれしかった。一週間後にまた来るという約束《やくそく》を守ってくれたのも、好感《こうかん》がもてる。それにうやうやしいふるまいも、ちょっぴりいい気分だ。物腰《ものごし》も感じがいい。どうしてもお客の相手をしなきゃいけないなら、見てくれのいいほうがいいからね。ミカはテーブルについた。わたしたちは、あれこれおしゃべりしながら楽しくすごした。

「ねえ、ペネロピーさん。耳がきこえないのにどうしてハープの調律ができるんです?」

「そうだねえ。あんたの家にはドアはいくつある?」

「正面にひとつと、裏側にひとつ」

「よく使うのはどっちだい?」

「正面のドアですね」

「ふつうにそうだね。でも入り口はほかにもある。それと同じで、音を招きいれる口もひとつじゃない。かならずしも正面のドアからはいる必要はない。たいていの人にとってはそれが耳にあたるんだろうけど」

「耳じゃないとしたら、どこを使うんですか?」

「音はすべて振動《しんどう》している。しかもひとつとして、同じ振動のしかたはない。わたしは指で振動を感じることができる。あたたかさを感じるみたいに。ちゃんと区別できる。どの音がどんな感じか、正確にわかる。ハープの音がほんのちょっと高くても低くても、わたしの指は感じとることができる」

「それも、お父さんから教わったんですか?」

「いいや。別の偉大《いだい》な先生からさ」

「というと?」

「時間だよ」

「なるほど。では、あとどれぐらいすれば、お気もちをきめてくださいますか?」ミカはいった。

「ペネロピーのハープのこと?」

「はい」

「娘さんに会いたいね。来週ここへつれてくるといい。なるようになるだろうよ」

「わかりました。また一週間後ですね。最後にもうひとつだけ、質問をお許しいただけますか?」ミカはそうたずね、わたしを笑わせた。

「どうやら、ことわってもむだなようだね」

「そのショールです。何でできているんですか? はじめて見ます」

「だめだめ、手にはいらないよ。一点ものだからね」

ミカにはこれ以上のことは話せない。さて、あなたたちには残りを話してきかせよう。

26 なだれ

不幸なイレブニングをむかえる前、つまり笛吹きがやってきて、わたしにディープ・ドリーミングの才能《さいのう》があるとわかる前は、わたしの唯一《ゆいいつ》の才能はなわとびだと思っていた。前にもいったとおり、むかうところ敵《てき》なしだった。いまのわたしからは想像《そうぞう》できないだろうけど、あのころは、だれよりもじょうずにとべた。骨《ほね》はもろくなっても、あの歌を思いだすと、体にしみついているなわとび熱で、つま先のあたりがむずむずしてくる。

赤いリンゴ
黄色いレモン
最高のパートナー
これで天国までひとっとび
おいしいマンゴー
みずみずしいオレンジ
おもしろい詩を作ったら
わたしの朝ごはんをあげる！
マンゴーとオレンジじゃ詩は作れない
口ずさんでさがしてみよう
わたしの朝ごはんをあげる
引っかからずにとべたなら

この歌の約束《やくそく》がほんとうなら、わたしは食べきれないほどの朝ごはんをもらったことだろう。とんでも、とんでも、とんでも、わたしはぜったいに引っかからなかった。でもディープ・ドリーミングの世界では、引っかかるどころじゃない。地面にとどまってもいられなかった。ヨーデルの歌声のせいでなだれが起き、旅をはじめて二度目の転落《てんらく》がはじまった。どんどんころげおちた。

雪の力を食いとめることはできなかった。スカリーはわたしの肩《かた》にとびのった。ベルが「つかまって！」とさけんだ。わたしはベルの長い脚《あし》をつかもうとした。ベルは翼《つばさ》をはばたかせ、わたしとスカリーをのせて上空へとびあがろうとした。でも、まにあわなかった。わたしたちは大きな流れにのみこまれた。まるで巨大なボウルのなかでかき回されてるみたいに。スカリーの長い悲鳴《ひめい》がきこえ、わたしの肩から引きはなされるのを感じた。悲鳴を上げようとすると、口のなかに雪がつまった。ベルは必死《ひっし》でなだれとたたかったが、くずれおちる雪の力には歯が立たなかった。

危険《きけん》にあうと、それまでの人生のひとこまひとこまが頭のなかをかけめぐるという。よくきく話だけど、ただの空想《くうそう》だと思っていた。そんなことはありえないと信じていた。だけど、ほんとうにそうだった。雪にもみくちゃにされながらいっきにすべりおちるとき、十一年間の全人生が、まるで早送りのお芝居《しばい》みたいに見えた。友だちや家族。うれしかったことや、悲しかったこと。とるにたらないことや、重大なこと。ずっと忘れていたできごともよみがえった。いろんなイメージが目の前にすっとあらわれては消えていく。そしてついにピタッと動かなくなって、わたしの姿だけになった。わたしは家のベッドで寝ている。

ベッド。わが家。ああ、もどりたい。ふいに、その眠っている少女に腹が立ってきた。わたしであって、わたしではないペネロピーに対して。ゆさぶって、いってやりたい。「あんたの夢なんだからね！なんとかしてよ！わたしたちを助けて！」すると、願いをきいてくれたのか、あばれる雪のなかから体が引っぱられた。流れる川から魚がつりあげられるときみたいに。ワンピースが何かに引っかかって、わたしは動けなくなった。雪の勢いにおしつぶされそうになりながら、空気を求めてあえいだ。わたしは荒れくるう海のまんなかでしっかり錨《いかり》につなぎとめられて動かない島みたいだった。

時間の感覚がなかった。人生のすべてを見て、思いでも底をついてしまった。思いでだけじゃない。力も底をついていた。どこをみまわしても白一色。毛布みたいに、わたしをつつんでいる。わたしは目をとじた。そして夢の世界に来てはじめて、眠りについた。

第4部　なわとびするドラゴン

27　ヒュン、ヒュン

音で目がさめた。きいたことがあるような、ないようなな音。遠くから、リズミカルで騒々《そうぞう》しい音。

ヒュン、ヒュン、ビューン、ヒュン！

わたしは目をあけた。

ヒュン、ヒュン！　ヒュン、ヒュン！　ヒュン、ビューン、ヒュン！

まばたきをして、あたりを見まわす。えーっと、何がどうしたんだっけ？　何もかも、すっかり変わっていた。くずれ落ちる白の世界が、白と緑の世界に。上も緑、下も緑。きれいな緑の葉。わたしは背の高い大きな木の上にいた。太い枝に馬のりになって。葉がうっそうと茂《しげ》っていたけれど、あちこちのすきまから金色の光がさしこんでいる。手をのばしてみる。あったかい。お日さまだ！　どこか知らないけど、トロラヴィアンの国からはずいぶんはなれている。そして、どこか知らないけど、ひとりきりらしい。スカリーやベルの姿は見えないし、あの音がどこからきこえてくるのかもわからない。

ヒュン、ヒュン、ヒュン！

いろいろあったわりには、なかなかだ。手足はちゃんとついているし、アロウェイにもらったネックレスも首にかかっている。腰《こし》に結んだなわとびのロープもほどけてない。

ヒュン、ヒュン、ヒュン！

この音、やっぱりきいたことがある。どこできいたんだっけ？　どんどん大きくなってくる。その音をたてている人だか物だかは、しだいにこちらに近づいてくる。この枝、かなり頑丈《がんじょう》らしい。体重をかけても、びくともしない。葉っぱをかきわけながらはって進み、やっと下を見おろせるところまできた。わあ、高い！　はるか下は、葉っぱのじゅうたん。雪が少し吹きだまりになって、折れた枝が落ちていることだけが、なだれがここを通過《つうか》した証拠《しょうこ》だった。

ヒュン、ヒュン、ビューン、ヒュン！

きれいな小道が、森をぬうようにつづいていた。木と木のあいだをくねくねのびている。この高さからながめると、ほどけたリボンみたい。その小道をやってくるヒュンヒュンというリズミカルな音の主が、見えかくれしている。もう一度まばたきして目をこらした。はじめは、自分の目が信じられなかった。はじめて見る生き物だったけど、すぐにぴんときた。長官にもらったマントとそっくりだったから。まちがいない。ドラゴンだ。背たけはわたしとそう変わらない。きびきびとやってくる。ドラゴンがいるだけでもびっくりなのに、そのドラゴンはただ歩いているわけでもなければ、軽やかな足どりで楽しい日曜日のおさんぽをしてるわけでもなかった。なわとびをしていた。

ヒュン、ヒュン、ビューン、ヒュン！　ヒュン、ヒュン、ビューン、ヒュン！

どおりで、きいたことあると思った。なわとびの音だったんだ。なわとびをするドラゴンは、わたしの木のま下で立ちどまり、歌をうたった。

むかし女の子のドラゴンがいました。名前はメアリー・ジェーン
なわとびしながら森へはいり、二度と出てきませんでした
なわとびしながら森へはいり、ぱっと消えてしまいました

もう二度と会えないの、百年さがしつづけても
なわとびをして雲がくれ、なわとびをしてさようなら！
消えてちゃったメアリー・ジェーン、きっと幸せに暮らしてる

うたいおわると、「一、二、三、さあいくよ！」というかけ声とともに、その場でものすごいはやさでなわとびをはじめた。スピードは倍になり、さらにまた倍になった。ドラゴンはたくみな手さばき、足さばきを披露《ひろう》すると、ふたたび小道を進んでいった。ヒュン、ヒュン、ヒュン、ヒュンという音をひびかせて。

なわとびをして雲がくれ、なわとびをしてさようなら！
消えてちゃったメアリー・ジェーン、きっと幸せに暮らしてる

この子がメアリー・ジェーン？　たぶん、そうね。なんだかドラゴンの名前としてはものたりない気がする。ドラゴンの名前っていわれて思いつくのは、ヘルミオネーとか、ロンデラとか、ペリグリンとか、シビルとか。名前はともかく、あのドラゴンの女の子、なわとびの達人《たつじん》だ。コンテストに出たら、いいライバルになりそう。

なだれはうまいぐあいに、枝がはしごの段みたいに同じ間隔《かんかく》でついてる木にわたしをのっけてくれた。わたしはたちまち木の下におりると、なわとびをするドラゴンのあとを追いかけて小道を急いだ。ほかにどうしようもない。とにかくスカリーとベルを見つけなきゃ。メアリー・ジェーンが何か手がかりを

くれるかもしれない。

森はしんとしていた。ときどきカラスらしいうるさいなき声がしたけど、ほかに鳥のさえずりはきこえなかった。そこかしこで、びっしり茂った木の葉のあいだをぬうように、木もれ日がさしている。金色のやわらかい光は、地面にコインが落ちてるのを見つけたみたいに思いがけなくうれしかった。わたしはメアリー・ジェーンにおいてかれないよう必死《ひっし》で走った。でも、距離《きょり》はどんどんひらいていく。さいしょはヒュン、ヒュンという音をたよりについていけばよかったけど、だんだん遠くなっていく。スピードをあげたのかもしれない。そういえば長官が、ドラゴンは足がはやいと話していた。それに迷子《まいご》になりやすいとも。だとしたら、どこにつれていかれるかわからない。それでも、わたしは走りつづけた。しばらくすると道がふた手にわかれていて、はじめて立ちどまった。どっちに行ったんだろう？ 耳をすましても、何もきこえない。左へ行ったの？ それとも右？ どっちにしよう？ そのとき、ものすごい悲鳴《ひめい》が空をつんざいた。あっちだ！ 悲鳴は右のほうからきこえた。あっ、また。さっきと同じ、ぞっとするような悲鳴。

わたしはできるだけ急いで、木の根っこや落ちている枝をとびこえながら走った。いきなり、空き地があらわれた。日ざしがふりそそいでいる。なれないまぶしさに、わたしは目を細めた。ふと、空き地のすみっこの木にぶらさがっているものに目がいった。垂れ幕《たれまく》？ ううん。もう少し近づく。あ、そっか！ トロラヴィアンの国でわたしがはおってたドラゴン皮だ。そのま下で、足を宙につきだしてどうやら気を失っているらしいのが、メアリー・ジェーンだった。かけよると、うれしい声がきこえた。

「グース！」

わたしは上を見た。

「ああグース、よかった」

「スカリー！」

スカリーは枝からぴょんと、わたしの腕《うで》のなかへとびこんできた。わたしはスカリーの頭のてっぺんにキスした。

「グース、グース。ふたりで、おまえには二度と会えないかもっていってたんだ」

「ふたり？　でもベルはどこ？」わたしはきいた。質問に答えるかのように小枝がばらばらふってきて、わたしは上をむいた。見おぼえのある顔が、おびえた表情をうかべ、木の葉のあいだからのぞいている。そしてききおぼえのある声で、ふるえながらうたうのがきこえた。

「たいへん、たいへん、たいへん！　なんだかたいへんなことになりそう！」

28　気絶《きぜつ》するドラゴン

絵がじょうずな人を十二人つれてきたとしよう。ケーキを思いうかべてもらい、絵に描《か》いてもらう。きっとまったくちがうケーキの絵が十二枚しあがるだろう。平べったいケーキ、層《そう》になったケーキ、茶色いケーキ、ピンク色のケーキ。「ケーキ」という単純《たんじゅん》な言葉《ことば》ひとつとってみても、同じケーキを思いうかべる人はふたりといない。じゃあ「ドラゴン」は？　すぐに姿がうかぶはず。でもいったいどんな？　紫《むらさき》色の巨大なトカゲを思いうかべる人もいれば、口から火をふく怪獣《かいじゅう》や、翼《つばさ》の生えたヘビを想《そう》像《ぞう》する人もいるだろう。だからメアリー・ジェーンの姿だって、あなたが思いうかべるのと、あなたのきょうだいや親しい友人が想像する姿《すがた》はまずちがうはず。

「死んでるの？」ベルが木の上からのぞきこんでいった。

「ちがうと思うけど」わたしはそう答えて、もっと近くで見ようとかがみこんだ。目の前でのびている生き物は、小さかった。やわらかそう。うろこじゃなくて斑点《はんてん》があって、ふかふかの毛皮におおわれている。

「起こしちゃだめ！」ベルが金きり声をあげた。「何するかわからないわ。満足《まんぞく》に護衛《ごえい》ができなかったから、ただでさえ長官におこられそうなのよ。もう伍長《ごちょう》はむりね。道路の掃除人《そうじにん》に格《かく》さげされて、ファーガスとバーガスにいびられつづけるにきまってる。これであなたがドラゴンに殺されたりしたら、もっとひどいことになるわ！」

「ばかなこといわないで、ベル。このドラゴンはだれも傷つけたりしないよ」わたしは反論《はんろん》した。

「どうしていいきれるの？」

たしかにベルのいうとおり。なんたってわたしの個人的なドラゴン経験《けいけん》は、ベルとたいして変わらないんだから。それでも、確信《かくしん》があった。ここにいるのは悪事《あくじ》をはたらくような生き物じゃないって。だいいち、メアリー・ジェーンのようななわとびの達人《たつじん》が凶悪《きょうあく》なことなんかできっこない、そう心から信じていた。だいたい、こんなふうに気を失ってるんだから、残忍《ざんにん》なはずはない。きっと、ぶらさがっているドラゴン皮をみて、ふるえあがったんだろう。

「ベル、信じて。あなたよりずっとおびえてるはずよ。ね、木からおりてきて」

「おりられないの！」

「だいじょうぶだってば。だれも何にもしやしないから」

「こわくておりられないんじゃないの。なんたって兵隊《へいたい》なのよ。おりられないから、おりられないの。トロラヴィアンは木の上の生活むきではないの。なだれに流されて、はまりこんで動けなくなってしまったのよ」

「そうそう。細くて長い足が枝と枝のあいだにはさまって、からまっちゃってるんだ。下におろすには、斧《おの》でももってこないと」スカリーがいった。

「よしてよ！　斧なんて。枝と足をまちがえて切ったらどうするつもり？」

「じゃあほかにいいアイデアでもあるのか？」スカリーはいらいらしてたずねた。

「落ちついて」できるだけ堂々とわたしはいった。

「落ちつけなんて、いうのはかんたんよ。斧で追いかけられるこっちの身にもなって！」

「ベル、斧なんてもってないわ。心配しなくてだいじょうぶよ」

メアリー・ジェーンがうめき声をあげながら身じろぎした。スカリーがギャッといって、低い枝《えだ》に逃《に》げあがった。

「気をつけて！」ベルは金きり声をあげ、ふたたび茂《しげ》みに頭をつっこんだ。

「しーっ。静かに。メアリー・ジェーンがこわがるじゃない」

わたしはもう一度、ドラゴンのほうにかがみこんだ。

「メアリー・ジェーン」

そしてメアリー・ジェーンの手をにぎり、そっとゆすってみた。ドラゴンの手は、おどろくほどすべすべで、きゃしゃだった。

「メアリー・ジェーン。起きて」

メアリー・ジェーンは目をあけた。まずきょとんと、つぎにぎょっとして、最後にびくびくした顔をした。

「ここどこ？　ここどこ？　きみ、だれ？」

「わたしはペネロピー。よその国から来たの。あなた、気を失っていたのよ、メアリー・ジェーン」

「メアリー・ジェーン？　メアリー・ジェーンってだれ？」

ききまちがえたのかな？　でなかったら、たおれたときに頭をぶつけたとか？　自分がだれだかわからなくなっちゃったの？

「あなた、メアリー・ジェーンでしょ？　なわとびしながらうたっていたから」

「メアリー・ジェーンでもなけりゃ、湯わかしポリーでもないよ。あれはただのなわとびの歌！　メアリー・ジェーンて顔に見える？」

「見えるか、見えないか、わかんないわ。ドラゴンに会うのははじめてだし。じゃあ、なんていう名前なの？」

「クェンティン」

「クェンティン？」

「そう、クェンティンだよ！　耳がきこえないの？」

耳がきこえないの、って、それは話せば長くなる。

「ちょっと意外だっただけ。わたしの住んでいるところじゃ、クェンティンっていうのは男の子の名前だから。ひょっとして、男の子なの？」

クェンティンは体を起こそうとしながらいった。「もちろん男の子さ。でなかったら……」

そのとき、クエンティンは木を見あげた。そしてまたもやぶらさがった皮を目にしてしまった。クエンティンは目をかっと見ひらくと、へなへなと気を失った。

29　統率力《とうそつりょく》

わたしはペネロピー。百一歳だ。どうしてそんな年まで生きられたのかとたずねられたら、心の平静《へいせい》を身につけたからだと答える。わたしはくよくよしない。後悔《こうかい》していることはないし、やり残したこともない。もちろん、しなかったことならたくさんある。ラクダにのったことがないし、ヤクの乳《ちち》しぼりもしたことがない。パイプも吸ったことがない。まだある。手品をおぼえなかった。パリにも行かなかった。公爵夫人《こうしゃくふじん》のお茶会にもよばれなかった。しなかったことを書きだしたら、ものすごく長いリストができあがるだろう。だけどそれになんの意味がある？　この世には、可能性《かのうせい》が山ほどある。でも、どんなに長生きしても、可能性のすべてを追いもとめることはできない。あたえられた短い時間のなかで、できるだけたくさん試せたら、それでじゅうぶんだ。後悔は心をすりへらす。後悔らしきものがこみあげてきたら、人生でたった一度、たとえ夢のなかであっても、だれにもまねできない体験《たいけん》をしたことを思いだせばいい。一度、おしゃべりする猫と空をとんだ。一度、気を失ったドラゴンをめざめさせた。そう思うと、ラクダにのることなんて色あせてしまう。

非常時《ひじょうじ》には、人のもっともいい面ともっとも悪い面があらわになるという人がいる。たまたまその法《ほう》則《そく》は、猫とトロラヴィアンにもあてはまるらしい。クェンティンの二度目の気絶《きぜつ》で、ベルはパニックに落ちいった。スカリーももち前の分別《ふんべつ》をなだれのせいでなくしてしまったらしく、木の上から下を見おろして「ひぇーっ、ぎょぇーっ、なんてこった」とひたすらぶつぶついっていた。

心の平静《へいせい》。どんなに危ない状況《じょうきょう》でも落ちついていられるようになったのは、このときからだったろうか？　そんな気がする。夢のなかの森ですごしたあの日をさかいに、まわりのみんながおろおろしてても、つねに冷静《れいせい》でいられるようになったのはたしかだ。もって生まれた才能《さいのう》というより、必要《ひつよう》にせまられてのことだ。なだれでショックを受けたせいかもしれない。いきなり気候《きこう》がかわって、急に日の光をあびたせいかもしれない。とにかくスカリーもベルも、いちばんたよりたいときに、まったく役たたずだった。助けを求めたり、決断《けつだん》をゆだねたりできる人はいなかった。たったひとり、わたし自身のほかは。

心の平静は、たよりない受け身なものではない。色があるとしたら、ミントグリーンやミスティブルーじゃなく、まじりけのない、かがやくような白だ。ふらふらしている感じではなく、目的をもってしっかり前に進んでいる感じ。心に平静がおとずれ、頭がさえてきた。

「スカリー！」

自分の声が命令調《めいれいちょう》なのにおどろいた。スカリーもびっくりしたらしい。へらへらするのをやめて、きょとんとしてこっちを見た。

「スカリー、いい？　クェンティンが目をさます前に、あのドラゴンの皮をなんとかしなきゃ。ね、あれに何かかぶせてくれる？」

スカリーは猫特有《とくゆう》の笑いをうかべてうなずいた。

「皮に皮をかぶせる？　おもしろい！」

スカリーは、皮のはしを口にくわえて木の上に引っぱりあげた。葉っぱにかくれて見えなくなる。

「ベル」、できるだけてきぱきと、わたしはいった。「このドラゴンは悪さなんかしないわ。保証《ほしょう》する。目をさましたら、話をしてみるつもりよ。静かにしててちょうだいね」

スカリーはベルのとなりにすわった。そしてふたりそろって、高い枝からこちらをじっと見おろしている。わたしはドラゴンの手を取った。そしてやさしくゆすった。

「クェンティン、目をさまして」

クェンティンがまたぴくっとして、うめくような声をだした。木の上でベルがごくりと息をのむ。

「しーっ！」わたしはくちびるに指をあてて注意した。クェンティンのまぶたがぴくぴくする。一瞬《いっしゅん》わたしはたじろいだ。ベルのいうことがほんとうだったらどうしよう？　おそいかかってきたら？　ううん、そんなふうに考えちゃいけない。わたしは腰《こし》に結んでいたロープをほどいた。重みを手でたしかめる。ためしに一、二回とんでみる。よかった、こつはわすれてない。そしてわたしは真剣《しんけん》になわとびをとびはじめた。

30　なわとび対決《たいけつ》

起きて、クェンティン、ねえ起きて
ブタみたいに寝てないで
クェンティン、クェンティン、とんでみて

わたしはとべる、千回だって
笑ってたって、つまずかない
あなたなんかに負けないわ！

またなわとびができて、うれしかった。ロープが地面にあたって出るピシッという音も、足の下のふかふかした森の地面も、気もちがいい。ドキドキするのも、ハアハアするのも、口からどんどん言葉《ことば》が出てくるのも、うれしかった。

ジャンプ！　あなたはクェンティン
ジャンプ！　見ればすぐわかる
ジャンプ！　あなたにはむりね
わたしみたいにはとべないわ！

クェンティンはだんだん意識《いしき》を取りもどしてきた。目をさまして最初にわたしを見てほしい。ゆっくり、ゆっくり、クエンティンは目をあけた。頭をぷるぷるっとふって、もやもやをふりはらおうとする。そして三回、ぱちぱちっとまばたきした。

ジャンプ！　わたしはペネロピー
ジャンプ！　どんどんとべる

ジャンプ！　なわとびだったら
わたしがいちばんよ！
ホップ、ステップ、ジャンプ
ジャンプ、くるりとターン
いちばんうまくとべるのは
ここにいる女の子！

さっきは、クェンティンが男の子だとわからなかった。たぶんむこうも、わたしが女の子だってわかってないはず。わたしのねらいは、こっちが女の子だとクェンティンに気づいてもらうことだった。ドラゴンの男の子が人間の男の子と同じなら、女の子にばかにされるほど、むかつくことはないだろうから。

ホップ、ステップ、ジャンプ
ジャンプ、くるりとターン
いちばんうまくとべるのは
ここにいる女の子！

まゆを寄せて口をとんがらせてるところを見ると、わたしの歌がかんにさわったらしい。クェンティンは立ちあがった。さいしょは少しぐらついていたけど、すぐにしゃんとなった。落ちていたロープをひろいあげる。口をへの字に曲げ、負けるもんかって顔をする。そしてとびはじめた。

ジャンプ！　ぼくはクェンティン
ジャンプ！　見ればすぐわかる
ジャンプ！　どこをさがしてもいやしない
ぼくみたいにとべるやつは
石炭はダイヤに変わり
貝《かい》は真珠《しんじゅ》をくれるけど
女の子なんて
蜜《みつ》みたいに甘ったるいだけ

わたしは意地《いじ》をかき集めた。クェンティンを思いっきりばかにするような目でみてから、一気にスピードをあげた。

ヒッコリー、ディッコリー、ビッカリー、ボック
クニッケティー、リッケティー、フリッピティー、フリップ
ドラゴンなんか口ばっかり
なわとびチャンピオンはこのわたし！

クェンティンはすぐに答えをかえした。

ホィッキティー　ホワッカティー　ニッカリー　ナック
シングィティー　ソングィティー　ピッパティー　ポップ
きみのロープはもうすぐたるむ
　つまずくのはきみのほう！

「ハーピー、ハーピー、傷顔《きずがお》やーい！」メロンたちは、杖《つえ》をついて腰《こし》を曲げてとぼとぼ歩くわたしを見て、そうさけぶ。まったく、わたしのほんとうの姿《すがた》も知らないで。長生きしすぎて、武勇伝《ぶゆうでん》の効果《こうか》もなくなってしまったのかもしれない。

「おお、偉大《いだい》なドラゴン殺《ごろ》し！」

これがわたしの正しい呼び方だ。

あ、いや……

まったく正しいとはいえないかもしれない。

殺してはいないから。

正確《せいかく》にいえば、殺してはいない。

が、それに近い。

クェンティンとわたしは、はりあっていた。ロープをぐるぐる回してぴょんぴょんとぶ。ひとりがリズムをはやめると、もういっぽうもついてくる。これみよがしに交差《こうさ》とびをすると、またやり返され、むずかしい足さばきの妙技《みょうぎ》をやってのければ、相手も負けずにやり返してくる。片ほうが勝負《しょうぶ》をいどめば、かならずもう片ほうが受けて立つ。

「キックとびだ！」

「片足とび！」

「二重とび！」

こんなに腕《うで》のいい、疲れを知らない相手ははじめてだった。これまで、ハーメルンじゅうのなわとび名人たちと戦ってきた。ナンにエルフレーダ、ブリギットにニューリン。町じゅうから集まった女の子たち。いま、あの子たちはみんな笛吹きにとらえられている。なんとしてでも見つけなきゃ。でないと、これからずっと、ひとりでなわとびをしてすごすはめになる。

「うしろとび！」

「一回転とび！」

「瞬間《しゅんかん》とび！」

相手の失敗をまっていてもむだだった。ロープがヒュンヒュンいう。ふたりとものすごいスピードでとんでいたから、ロープが地面を打つ音がとぎれることはなかった。森じゅうにヒュン、ヒュン、ヒュン、ヒュンという音がひびきわたり、ときどきふたりのさけび声がそれにまじった。

ジャンプ！　わたしはペネロピー！

ジャンプ！　どんどんとべる

ジャンプ！　なわとびだったら

わたしがいちばんよ！

ジャンプ！　ぼくはクェンティン
ジャンプ！　負けるもんか
ジャンプ！　最後にかならず
ぼくが勝つのさ！

なわとびはいつまでもつづき、ロープがかすんでみえるほど。

「足交差《こうさ》とび！」

「うしろ二重とび！」

「回りとび！」

「かかとぶつけとび！」

「足首ひねりとび！」

どれもこれも、余裕《よゆう》たっぷりにこなしていく。

「降参《こうさん》しろよ。ぼくに勝てっこないよ。いくらだっていけるから」クェンティンが声をかけた。

「いくらだって？」

「そうとも！」

「そのうちわかるわ」

その瞬間、いいことを思いついた。

「宙《ちゅう》がえりとび！」

クェンティンが思わずつまずきそうになる。

「宙がえりとび？　ありえないよ」

「見てなさい！」

わたしのなわとび人生のなかで、そんなすごい技は、やってのけるどころか、名前すらきいたことがなかった。でも、やらなきゃ。なわとび対決でドラゴンに勝てなくて、笛吹きと戦えるわけがない。

「やってみろよ、やれるもんなら！」クェンティンが息をはずませながらいった。

だいじょうぶ、やればできるわ……。わたしの体は宙《ちゅう》に浮いた。頭と足の位置が逆転《ぎゃくてん》し、またもとにもどった。世界がさかさまになっても、ロープは回っていた。やったあ！　できた！　はしゃぎ声をあげながら着地《ちゃくち》すると、クェンティンがびっくりして口をあんぐりあけていたので、よけい得意《とくい》になった。

「あなたの番よ」わたしは明るくいった。

「ずるだよ！」

「いくじなし！」

「ちがうよ！」

「じゃあ、やってみなさいよ！」

クェンティンはとびだした目を、うんと細めた。これで勝負がきまるとわかってた。

「宙がえりとび！」クェンティンはかけ声をかけて舞《ま》いあがった。空にむかって、手足をふり回しながら、高く、高く、高く。

31　マカラスのかたみ

　もしトロラヴィアンの国を旅することがあったら、ぜひバタークッキーをためしてほしい。サクサクとした歯ざわりに、豊かな香り。それにくずれにくい。なんたって、なだれという大惨事《さんじ》にももちこたえ、かけもしなかったほどだ。雪に流されて空き地のすみっこに落ちていたベルのピクニック・バスケットをあけたときだった。バスケットのなかにはバタークッキーとレモネードがはいった水筒《すいとう》がおさまっていた。そのときのうれしさといったら。ちょうど、なわとび対決《たいけつ》に勝っておなかがすいて、のどがかわいてるときだった。

「はい、どうぞ」わたしは、意識《いしき》を取りもどしたクェンティンにすすめた。その前に腕《うで》や脚《あし》にからみついたロープをほどいてやり、こけの生えた丸太で体をささえてやった。クェンティンは青ざめていた。わたしのすすめたバタークッキーにしりごみしてる。あんまりびくびくしてるから、ついくすくす笑ってしまった。

「何がおかしいんだよ？」

「ごめん。ただ、ドラゴンの話ならきいたことがあったけど、まさか本物《ほんもの》に会えるとは思ってもみなかったから。それに、あなたみたいなドラゴンがいるとも思ってなかったし！　いいからバタークッキーを食べてみて。おいしいんだから」

　クェンティンはうさんくさそうにバタークッキーをながめた。

「緑色じゃないか。毒《どく》いりかもしれない」

「毒なんてはいってないわ」

「証拠《しょうこ》ある？」

わたしはバタークッキーを一枚かじった。そしてゆっくりとかんでから、のみこんでみせる。くちびるについたくずまでなめた。それからあらためて、缶《かん》を前にさしだした。クェンティンはそろそろと手をのばして、一枚手に取った。くんくんとにおいをかぎ、ぺろっとなめて、ひと口でのみこむ。

「なんでやさしくするのさ？」

「なぜって、いじわるする理由なんかないもん。あと、ここがどこかわからないってのもあるわね。あなたが質問《しつもん》に答えてくれるんじゃないかって期待《きたい》してるの」

「だって、ぼくはきみのいうことはなんでもきかなきゃならないんだ。ドラゴンの法律《ほうりつ》できまってる。きみはなわとび対決でぼくに勝った。だからぼくはきみの家来《けらい》なんだよ」

「家来？　やめてよ。家来なんていらないわ、クェンティン。ちょっと助けてほしいだけ」

「法律は法律だよ。どんな命令でも、したがわなきゃいけない。でも、ひとつきいていい？」

「もちろんよ」

「どこでそんななわとびをおぼえたの？」

「ずっととんでたから。つい最近まで、それしか取りえがなかったし。そっちこそ、どこでおぼえたの？」

「ドラゴンはみんな、なわとびをするんだ。歩けるようになるとすぐ、ならう。ドラゴンにとってなわとびは、だいじなスポーツなのさ。なわとび名人をたたえる詩《うた》や伝説《でんせつ》もある。オドの伝説、きいたことあるだろう？」

「ううん。オドってだれ？」

「オドってだれ？　ひゃーっ、なわとびの名人中の名人じゃないか。偉大なるなわとびの神さま！　オドなら、宙《ちゅう》がえりとびもちょろいもんだったろうなあ」

「ドラゴンは、男の子も女の子もなわとびをするの？」

「うん。トーナメント戦がある。つい先週、ぼくはジュニア大会でグランド・チャンピオンにかがやいたんだ」

クェンティンが鼻をぐすぐすいわせた。目から長い鼻にむかって涙がすーっとこぼれ落ちる。

「いつか、クェンティン伝説ができるって信じてたのに。これじゃ、せいぜい歌か短い詩になればいいほうだ。タイトルも失っちゃったし。もう、きみのものだよ。だからぼくはきみの召使《めし》い」

「いいかげんにして！　クエンティン、わたしは召使いなんてほしくないの。ただちょっと、力をかりたいだけ」

「宙《ちゅう》がえりとび。そんな技《わざ》、だれも思いつかないよ。きみが要注意人物《ようちゅういじんぶつ》だって、どうしてもっとはやく気づかなかったんだろう。かわいそうなマカラスが木にぶらさがっているのを見たときに気づくべきだったんだ！」

「マカラス？　だれ、マカラスって？」

「しらばっくれるなよ。風にふかれてひらひらしてるのを見たんだから」

やっぱり。クェンティンが立ちどまったのは、あのドラゴン皮のせいだった。

「どうしてあれがマカラスだってわかるの？」

「ドラゴンは、ほかのドラゴンの見わけがつくんだ。あれはマカラスだ。正確には元マカラス。有名な探検家《たんけんか》だった。何年も行方不明《ゆくえふめい》だったけど、ようやくわかったよ。きみがマカラスを殺《ころ》したんだね。ぼくも同じ目にあわせる気だな！」

クェンティンはひどく興奮《こうふん》してきた。

「おねがいだから落ちついて、クェンティン。ちゃんと説明《せつめい》するから。あのね、あなたのお友だちは道に迷《まよ》っちゃって……」

「うわべの親切にまんまとだまされるところだった。最初からたくらんでたんだな。ようやく正体《しょうたい》をつかんだぞ。うそつき！　殺し屋！」

「クェンティン！　ちがうわ！　わたし……」

「さあ、やれ！　ぼくを殺せよ！　皮をはげばいい！　あのバタークッキーは毒いりだったんだろ？ぜんぶわなだったんだ！　ああ、ああ！　こんなに若くして死ぬなんて、なんと無念《むねん》な！」

前に旅芸人《たびげいにん》の一座《いちざ》がハーメルンに立ちよったことがあった。そのとき、役者《やくしゃ》のひとりが死ぬ場面《ばめん》であんまりおおげさな演技《えんぎ》をするから、笑いがとまらなくなった。わたしは、それとまったく同じ状態《じょうたい》に落ちいった。

「笑えよ。きみには関係ないもんな！　ぼくが笛吹きの前でなわとびができなくなったって」クェンティンは胸のあたりをドンドンたたきながらさけんだ。

え？「笛吹き？」

「どうせ笛吹きに会えたとしても、ぼくは毛布《もうふ》になりはててるさ。いいよ、もう！　知らない！」

ひとしきり泣いたあとで、クェンティンはまた地面にくずれおち、気絶《きぜつ》してしまった。

32　フラワーアレンジメント

わたしはペネロピー。前にもいったとおり、すぎたことは悔《くや》まない。でもだからって、この物語《ものがたり》を書いているさいちゅう、文章をまちがってしまってもぜったい書きなおさないほどじゃない。それに、わたしはかんしゃくもちだ。ときには、びしっといってやっても意味のない相手にまで、きついことをいってしまう。それからハープ作りの腕前《うでまえ》には自信があるけれど、もっとじょうずに作れたと思うものもいくつかある。

わたしのたくさんのハープ。ここ数日、みんなの長所や短所をしらべていた。ハープのあいだを歩きまわって入念《にゅうねん》に調律《ちょうりつ》した。どれがあの子にふさわしいかをきめるために。ミカの娘に。もうすぐミカが娘をつれてくる。ふたりが来たら、こういうつもりだ。ペネロピーがのぞむなら、ハープをあたえようと。ひとりのペネロピーが作ったハープが、もうひとりのペネロピーの手にわたるなんてうれしい話だ。いけない。つい先走《さきばし》ってしまった。ふたりはまだ来てない。いまはまだ。どこまで話したんだったけ。えーっと、ああ、そうそう。悔《く》いの話。かんしゃくもちだってこと。それから、ハープのこと。まだある。もっとはやくにこれを書きはじめればよかったかもしれない。わかってくると、伝えたいことが山ほどあると気づく。たとえば、ドラゴンに会うとどんなことになるかについては、ちょっとした論文《ろんぶん》が書けそうだ。ドラゴンの性別《せいべつ》の見わけ方も説明できる。オスには斑点《はんてん》が、メスにはたてがみがある。それから、ドラゴンは興奮《こうふん》すると芝居《しばい》がかる傾向《けいこう》にあるけれど、ほっとけばおさまる。気を失った場合にどうやって意識《いしき》を回復《かいふく》させるかについても書ける。

「クェンティン！　クェンティン、目をさまして」

「グース、さすがだね」

スカリーが高い木の枝からおりてきた。

「すばらしかったよ！　あんな芸当《げいとう》ができるとはね。どこもけがしてないか？」

「だいじょうぶよ、スカリー。それよりクェンティンを起こさなきゃ。笛吹きのことを知ってるのよ」

「あいにく気つけ薬はもってこなかったしなあ。バタークッキーじゃだめかな？」

「わたしのぶん、取っておいてよ」頭上でベルがうたった。でも、その願いはかなわなかった。最後の一枚は、ドラゴンの目をさますために使わなくてはならなかったから。クェンティンは口をあけておいしそうにバタークッキーを食べた。そして大げさなため息をつくと、起きあがった。

「ぼく、まだ毛布《もうふ》になってない？」

わたしはきっぱりといった。「毛布なんかになってないわ、クェンティン。それに召使《めし》いでもない。でも、手をかしてほしいの。こっちはスカリー。そしてあそこにいるのがベル」

「なんで木にかくれてるの？」

「かくれてるんじゃないわ。たまたま、はまっちゃっただけ」ベルが高い声でうたった。

「ベルをおろす方法はあとで考えることにして、まず自己紹介《じこしょうかい》と、ここに来た理由を話すわね。信じられないでしょうけど、ぜんぶほんとうなの」

わたしはクェンティンのとなりに足を組んですわった。深呼吸《しんこきゅう》する。そして最初から話しはじめた。ハープとわたしの家族。ネズミと笛の音《ね》。耳がきこえなくなって、夢を見て、落ちて、空をとんだ。ぜんぶ話してきかせてから、なぜ元マカラスの皮がわたしのもち物になったかも話した。なだれでこの森におしながされてきたことも。高い木の枝からクェンティンの姿を見つけて、メアリー・ジェーンとかんちがいしちゃったこと。そしてクェンティンのあとを追ってきたこと。

「あとは知ってのとおり。以上で自己紹介はおわり」

クェンティンはじっとしたまま、しばらくだまっていた。

「そんな話、ぜんぶ信じろっていうの？」

「信じてもらわなきゃこまるの。ほんとうなんだもの。ぜんぶね。さ、こんどはあなたが話す番よ。さっき笛吹きの話をしてたでしょ。どういう知りあい？」

「知りあいじゃないよ。うわさをきいたことがあるだけ。ただ、ぼくは……」

「ぼくは、なんなの？」

クェンティンはごくりと息をのみこんだ。鼻をすすって涙《なみだ》をこらえている。

「きみに話してなんになる？　どうせ夢も希望もないんだ。ぼく、家出中《いえでちゅう》なんだよ」

「クェンティン！　いやなことでもあったの？」

「いやなことだらけで、あきあきさ。家にも、友だちにも、ドラゴンでいることにもうんざりだよ。きみにはわからないよ、ドラゴンの生活がどんなもんか。会う相手はドラゴンだけ、あそびはドラゴンのあそび。寝てもさめてもなわとび、なわとびで、たまにトランプをするくらい。音楽もない。お芝居もない。ロマンスもない。なーんにもないんだから」

「でも、笛吹きは悪いやつなのよ」

「そんなの知らないよ。ぼくが知ってるのは、笛吹きが魔法《まほう》つかいで、宮殿《きゅうでん》に住んでて、音楽を作るってことだけ。考えてもみてよ。宮殿に音楽。ぼくにふさわしいのはそんな生活さ」

「気をつけろよ、グース」スカリーが小声でいった。「こいつ、またかっかしてきたぞ。このぶんじゃ、またぶったおれるね」

「クェンティン、落ちついて。深呼吸するのよ」

クェンティンは何度か深く息を吸いこんで、レモネードをがぶのみした。

「バタークッキー、まだある?」

「もうないわ」

「ちぇっ。おいしかったのに。色は不気味《ぶきみ》だったけど」

「クェンティン。笛吹きのことだけど、宮殿に行って何するつもりだったの?」

「もちろん、仕事を見つけるつもりだったよ」

「どんな?」

「執事《しつじ》なんてどうかな。なわとびの華麗《かれい》な技を見せて楽しませられるし、フラワーアレンジメントもできる。宮殿に住んでるんだから、アレンジが必要な花にことかかないだろうし」

「花?」

「あ、まずい。話しちゃいけないんだった。父さんと、人前では話さないって約束《やくそく》したんだ」

「話すって何を?」

「フラワーアレンジメントのこと。ドラゴンらしくないから。少なくとも、父さんはそういう。でも、やめられないよ。花がたくさん咲いてるのをみると、いろんなアレンジが目にうかぶ。いろんな色。いろんな形。とてもほっとけない。アレンジして美しいブーケにしたくてたまらなくなるんだ。前からそうだった。ちっちゃな子ドラゴンのころから。ありのままの姿《すがた》って、ぼくにはものたりない。アートの力でもっとよくなるっていつも思うんだ」

「よくわかんないけど……」

「じゃ、見せてあげる。ここでまってて」

クェンティンは空き地をちょこまか走りまわって、花をひとつかみ集めてきた。ラベンダー、ヒナギク、ブルーベル、小さな野バラ。そしてその花を、レモネードが入っていた水筒《すいとう》に、ばさっとさした。木の上から、ベルが小さな声で文句《もんく》をいうのがきこえた。

「クリスタルの花びんのほうがいいけど、これでがまんしよう。さあ、よく見てて」

最初は、母さんがやってたみたいに花を手であっちこっち動かすんだろうと思った。ところがクェンティンは、はなれたところに立って花をじーっと長いこと見つめた。そして大きく息を吐《は》いた。すると花が、勝手《かって》に動きはじめた。ピンクに白に青、青と白にピンク、ピンクと青に白。花の位置《いち》がすばやく変わる。まるで万華鏡《まんげきょう》がつぎつぎと美しい形を変えていくのを見てるみたい。とうとう、すべての花の意見がひとつにまとまったらしい。花はぴたっと静止《せいし》した。

「できた!」クェンティンがいった。

「おどろいたな」スカリーが声をあげた。

「こんなの、見たことない」わたしもうなずいた。

「これくらい、たいしたことないよ。もっといろいろできる。たとえばあの木」クェンティンはベルがはまっている場所を指さしながらいった。「枝が多すぎて窮屈《きゅうくつ》そうじゃない? もっとゆったりしてるほうがいいよね? 見てて」

クェンティンはまた、気もちを集中させているらしかった。そしてまたもや、ふーっと息を吐いた。木がリラックスしてきたみたい。てっぺんがゆれはじめ、葉がふるえだす。枝が動きだした。結んでいた手のひらがぱっとひらくように。枝葉《えだは》がわかれ、そこから日の光がさしこんできた。ざわざわと大きな音がして、次に小枝がポキポキ折れる音がした。そして、翼《つばさ》のはためく音とメロディーつきの悲鳴《ひめい》がつづいた。ベルが枝から解放《かいほう》されて、落ちてきた。

33　四人になって

「なあ、グース?」

「何?」

「おまえ、勇気《ゆうき》があるなあ」

わたしはスカリーをぎゅっと抱きしめた。「スカリーだって」

スカリーとわたしは、ヒューヒューいう風の音に負けないよう声をはりあげてしゃべってた。何しろまた、空をとんでたから。ベルが大きな翼《つばさ》を休まずはばたかせて、わたしたちを運んでくれている。ベルは疲《つか》れを知らなかった。つらい旅がつづき、なだれでけがを負い、木から落っこちた。それでも、やる気をなくしたり、スピードをゆるめたりはしなかった。うたうトロラヴィアンの谷を出発したときと変わらずに、強くてしゃきっとしている。しかも眠ってるドラゴンというよけいなお荷物《にもつ》までいるのに、へばっているようすもない。最初は、クェンティンを乗客《じょうきゃく》としてむかえることにベルが同意してくれるかどうか心配だった。クェンティンはわたしたちの仲間《なかま》に加わるというチャンスに大よろこびだったけど、ベルは大反対だったからだ。

「笛吹きをいっしょにさがす？　うん、行くよ！　どっちみち、行くつもりだったんだ。きっとぼくがいてよかったって思うはずだよ」わたしが旅にさそうと、クェンティンは舞《ま》いあがった。

「そうよね」とベルがつぶやく。「きっと笛吹きのところには、いますぐにでもアレンジが必要な花がたくさん咲いているでしょうし。こっちが子どもたちを助けているあいだに、あなたは花をいじくってるんでしょう？」

「それって、いやみ？」クェンティンはきいた。

「身におぼえがあるなら、そうなんじゃないかしら」ベルはぴしゃりといいかえした。

トロラヴィアンとドラゴンのあいだには、何世紀にもわたって、おたがいへの不信感《ふしんかん》がつのっていた。トロラヴィアンはドラゴンをうすのろだと思い、ドラゴンはトロラヴィアンを殺し屋だと思ってた。旅を成功させたかったら、この対立をどうにかしなきゃ。

「ちょっと！　やめなさいよ！」わたしはいって、ふたりのあいだにわってはいった。

ふたりがいうことをきいたので、びっくりした。それ以上にびっくりしたのは、自分の口から出た言《こと》葉《ば》が母さんのいい方にそっくりだったことだ。母さんもよくこうやってソフィーとわたしをしかってなかったっけ？

「これ以上、どっちの口からもとげとげしい言葉をきくのはごめんだわ。力をあわせなきゃいけないんだから、くだらない口げんかしてる場合じゃないの」

クェンティンもベルも、うつむいた。

「さあ、何かひとつ相手をほめてみて。クェンティン、あなたからよ」

「えーっ、ぼく？」

「そう」

クェンティンはやれやれって顔をした。

「わかったよ。ベル、きみの声ってすごくきれいだね」

ベルが横目でこちらを見る。わたしはベルをにらんだ。ベルはしかめつらをしていった。

「あなたが火を吐《は》かなくてよかったわ」

クェンティンはおどろいた顔でベルを見た。

「それってほめ言葉のつもり？」

「それしか思いつかなかったんだもの。前から、ドラゴンは口から火を吐くものだと信じてたから、そうでなくてほっとしてるの。火なんか吐かれたら、ひやひやしちゃうわ」

「ドラゴンが火を吐くなんて、だれがいったの？　そんなばかな話、きいたことないよ」

「おれもきいたことがある。みんな信じてるんじゃないかな」スカリーがいった。

「へんなの！」

わたしが静かにしてとさけばなかったら、いつまでもこんな調子だったろう。

「そういう話はまたこんどにしてくれる？　話を進めるわよ。ベル、わたしたち三人をのせて運べる？」

「おやすいごようよ」

「ここの気候《きこう》はトロラヴィアンむきじゃないわ。オーバーヒートしちゃわない？」

「ううん、だいじょうぶ。あたたかいのも、けっこう性《しょう》に合うみたい」

「クェンティン、笛吹きを見つけるにはどっちに行けばいい？」

「まっすぐ東」

「なら、ま西ね」ベルが小声でいった。そういえば長官が、ドラゴンは方向おんちだっていってたっけ。

「なんていった？」クェンティンがいって、毛を逆《さか》だてた。

「ベル、約束《やくそく》をわすれないで」わたしはくぎをさした。ベルは、自分は悪くないといいたそうな顔をした。

「はいはい。『なら、寝ててね』っていっただけじゃない。クェンティン、きょうはさんざん興奮《こうふん》したんだから、休んでていいわよ。空をとぶのはわたしの役目だから」

どうやらそのひと言で、新しい旅の仲間もきげんをなおしたらしい。クェンティンは道案内役《みちあんないやく》をかってでたけど、ベルはやんわりかわした。

「まあ、ご親切に。助けが必要になったらお願いするわ」

さいわい、花やなわとびのロープをかき集めるのにいそがしくて、クェンティンは、ベルが目玉をぐるんとまわしたのを見てなかった。

「グース」

「何、スカリー？」

「ひとつ、ちょっとした障害《しょうがい》があるんじゃないかなあ」

「障害って？」

「どうやってベルはおれたちを運ぶんだ？　バスケットはなだれでばらばらになっちまったし、まさか三人とも背中にのるわけにはいかないだろう？」

そうだ、どうしよう？　こんなに遠くまで来て、ゴールまであとひと息なのに。いまになって失敗だなんて。わたしは丸太に腰《こし》をおろし、両手で頭をかかえた。涙《なみだ》をぐっとこらえる。冷たい風が木々のふとい幹《みき》のあいだを吹きぬけていく。わたしは身ぶるいした。ふいに、答えが見つかった。

「そうだわ！」

「グース？」

「スカリー、マカラスを取ってきてくれる？」

スカリーは木にするするっとのぼり、枝のなかに消えた。しばらくすると、口にドラゴンの皮をくわえてあらわれた。

「ひゃーっ」クェンティンがうめいた。

「うまくいくかどうかわかんないけど、ほかに方法がないの。ドラゴンの皮はじょうぶだし、のびちぢみする。これしかないわ。さあ、ぐずぐずしているひまはないわよ」わたしはできるだけ安心させるような口調《くちょう》でいった。

わたしは、なわとびのロープを腰にしばった。クェンティンは、スカリーとベルがマカラスの皮をつり包帯《ほうたい》のようにして、ベルの長い足にきつく結ぶようすを不安げに見ていた。

「うん、じつに快適《かいてき》」最初にのりこんだスカリーが声をあげた。わたしもスカリーのあとにのりこんだ。あわれなクェンティンはもじもじしながら、亡《な》くなった仲間の皮をためらいがちにさわっているだけだった。

「クェンティン、いっしょに来るなら、いますぐのって」

ベルは、飛行準備《ひこうじゅんび》がととのった合図《あいず》に翼をばたばたさせた。とうとうクェンティンも肩《かた》をすくめ、ため息をついてのりこんできた。

ベルがみんなに声をかける。「みんな、だいじょうぶ？　じゃあ、つかまって。笛吹きをさがしに出発！」

34　丘をこえ、遠いところへ

きっとどこかに、火を吐《は》くドラゴンはいる。翼《つばさ》があって空をとべるドラゴンも、たぶんいる。でもクェンティンはちがった。クェンティンは自分が空をとんでいると気づいたとき、ドラゴンは口から火を吐くものだといわれたときと同じくらい面くらっていた。

「ひぇぇーっ！」地面をはなれ、木々の上までとびあがったとき、クェンティンはさけんだ。

「おやおや。あんまりだいじょうぶじゃなさそうだよ」スカリーがいった。

じっさい、クェンティンの目のふちが緑色に変わっていた。

「ひぇぇーっ！」クェンティンはまたさけんで、皮のへりから身をのりだし、胃の中身をげーげー吐いた。

「火を吐かれたほうがましだ」スカリーはくすくす笑った。

「せっかくのバタークッキーがだいなしだわ」ベルがうたった。

やがて、クェンティンは眠った。一日のできごとに疲れきって。スカリーもわたしにぴったりとよりそって、目をとじた。スカリーの体はほかほかしてて気もちいい。ささやかな幸せ。わたしたちがとんでいるのは、雪にとざされたトロラヴィアンの丘とはまるっきりちがった国だった。わたしは下の景色《けしき》をながめた。森のかわりに岩と低木が、やがて、ゆるやかに起伏《きふく》する平原が、あらわれた。ところどころに川や池が見える。すごくのどか。どこまでも、どこまでも、その光景はつづいていた。危険《きけん》なんてどこにも感じられない。でも、かならずひそんでいるはず。危険はきっとある。その危険にむかって、わたしたちはとんでいる。

〈危険よ〉

母さんのくちびるにその言葉《ことば》がうかんだときのことを思いだした。

〈危険よ〉

しずむ太陽と、その先にしのびよる暗闇《くらやみ》にむかってとびながら、おそれに似たものに心臓《しんぞう》をつかまれたような気がした。わたしは必死《ひっし》にその手をほどいた。そんなものに負けるわけにはいかない。目的を見うしなわないよう、ハーメルンの子どもたちのことを考えた。美しい声とやさしい心をもったソフィー。逆《さか》だちができて八回つづけて側転《そくてん》をしても目が回らないドグマエル。ふくざつなわり算が暗算できるおとなしいヒルデリット。マスがよくつれる場所にくわしいズィーモン。

わたしは地上を、まるみをおびた暗い地平線を見おろしながら思った。ルートヴァンはゲームが得意《とくい》だった。庭いじりが得意のベルナルトは砂地にじゃがいもを育ててた。アンブローズは絵の天才。セズニは詩人。セズニの弟のオグリヴィーは、生まれたときに息をしわすれて、まわりがもうだめだとあきらめたころになってやっと、大きく息を吸ったらしい。

まっ暗な夜のなか、月のない空をとびつづけた。父さんや母さんのことを思うと、胸《むね》が痛んだ。いまごろもうひとりのペネロピーのベッドのわきにすわって、どんなにか心細く感じているだろう。眠りつづける娘が、いなくなったもうひとりの娘をさがしだしてくれるよういのって。アロウェイのことを思いだしてもつらくなった。きっと、さみしくて悲しい思いをしてるはず。かわいそうなアロウェイ! ハーメルンにたったひとり残された子ども。

こうして笛吹きのもとへとんでいくとき、アロウェイもいてくれたらどんなによかったのに。耳なれたたのもしい声、おもしろい冗談《じょうだん》、楽しい物まね。ベルやクェンティンのまねをしてくれたら、どんなに笑えるだろう。猫とトロラヴィアンとドラゴンといっしょにいるのは楽しかったけれど、正直《しょうじき》なところ、人間が恋しくなりはじめていた。

ひと晩じゅう、とびつづけた。西にむかって、風のなかを。ひと晩じゅう、暗くて見えない陸の上を飛行しつづけた。一マイルが十マイルに、十マイルが百マイルになった。どれぐらい遠くまで来たのか、よくわからない。でも太陽が地平線の上に顔を出しはじめるころには、陸地からはるか遠くはなれていた。とんでいるのは、灰色の波が立つ水面の上。海岸線はどこにも見えない。

「やれやれ。まだつかないの?」やっとぐあいがよくなったクェンティンがいった。

「つくって、どこにつくのかわかっているのか」スカリーがあくびをしながらいう。

わたしはクェンティンにたずねた。「気分はどう?」

「だいぶよくなったよ。ありがとう」

「いい夢を見た?」

クェンティンは思いきって外を見ていった。「マカラスの夢を見たよ。ほんとはぼく、マカラスのことなんてちっとも好きじゃなかったんだ。ひどい自慢屋《じまんや》で、自分じゃりっぱな探検家《たんけんか》のつもりでいたけど、とんでもなかった。こんななわとびの歌もあるぐらいさ」

フリッカリー、フラッカリー、くつとソックス
マカラスは箱《はこ》のなかへひょい！
ニッカリー、ナックリー、スプーンとスコーン
いったんはいったら、出られなくなった！
かわいそうなマカラス、迷子《まいご》になっちゃった
かわいそうなマカラス、それっきり、さよなら！

「陸《りく》だわ！」ベルがさけんだ。わたしたちはあたりを見まわし、下を見おろし、遠くのほうをながめた。はるか下のほうで、風にあおられて逆《さか》まく波に打たれているものがある。ひと目見て、せまくてまるい島だとわかった。小石だらけの浜のまんなかに、とんがった岩山がある。波のなかにすっくと立つ岩山は、まるで骨ばった人さし指を立ててお説教《せっきょう》しているように見えた。わたしたちは円を描《えが》くようにおりていった。近づくにつれて、円すい形をした岩山のそこいらじゅうに穴があいているのが見えてきた。

「窓みたいだな。どうして岩山に窓なんかあるんだ？」スカリーがいった。

「ふつうの岩山じゃないことだけはたしかね」わたしは答えた。これって、山じゃなさそう。きっと要塞《ようさい》だわ。奇妙《きみょう》な形の岩をうまいことけずって作った要塞。ここほど牢獄《ろうごく》にぴったりの場所はない。う

ん、やっぱりこれがそう。なかにだれがとじこめられているかも、わかってる。

「みんな、どうやら目的地についたみたいよ」

まるでその言葉に答えるかのように、三角形の旗《はた》が、ここからは見えない何者かの手によって、旗竿《はたざお》にするするとかかげられた。旗は風を受けてひるがえり、強風にぱたぱたとはためく。笛と、ニヤニヤ笑いをうかべた赤い目のネズミの紋章《もんしょう》が描《えが》かれていた。

「どうやら」スカリーがいった。「笛吹きはご在宅《ざいたく》らしい」

35 アロウェイをさずける

あらゆるできごとには理由がある。むかし、カスバートがいった言葉《ことば》だ。わたしはその言葉をわすれたことがない。百一年の人生で、ほんとうかどうか、うたがったこともない。たしかに、理由が見つけにくい場合もある。あのガキ大将のメロンの存在《そんざい》には、どんなわけがあるんだろう？　この世にこんな野蛮《やばん》があることを証明《しょうめい》する以外に、何か役に立ってるのだろうか？　もしメロンがこの世からふっと消えてしまったら、世のなかはいまよりもみじめになるだろうか？　メロンが急にネズミに姿《すがた》を変えたら、だれかが恋しがるだろうか？　じつは、やってみたくてたまらない。かんたんな言葉をつぶやくだけで、メロンに四本の足としっぽが生える。でも、そんなことしちゃいけない。しないときめたんだから。しちゃいけない。ぜったいに、ぜったいに、しちゃいけない。

ひとり暮らしの人は、たいがいひとり言が好きだ。わたしもずいぶん前に、そんな癖《くせ》が身についてしまって、ときどき思っていることを口に出しているのに気がつかないこともある。きょうの午後もそう。「しちゃいけない」という言葉を何度も口に出していると、戸口に見なれた人が立っていた。

「ミカ」

「どなたかお客さんですか、ペネロピー？　しゃべり声がきこえましたけど」

「ひとり言さ。さあ、おはいり」

「きょうはあなたに会わせたい人をつれてきました」

見えないところで、だれかがもじもじしていた。

「内気《うちき》なんです」ミカがそういって手をのばすと、むこうからも手がのびて、ミカの手にふれた。そう、ペネロピー、おまえの手だよ。おまえの体でわたしが最初に目にしたのは、手だった。ミカはおまえをそばに引きよせた。おまえはミカにぴったりくっついていた。

「ペネロピー、いいかげんにしなさい」ミカはいった。

おまえはミカのマントにもぐりこんだ。

「いいかげんにしなさい！　じき十一歳になるんだよ。もう大人なのに、そんないくじなしでどうする」

おまえは勇気《ゆうき》をふりしぼって、出てきた。そしてわたしをじーっと長いこと見つめた。ふしぎそうに。そしてはずかしそうにほほ笑んだ。よく見えるところに立って。それがおまえを見た最初だった。

「こっちにおいで」

おまえは近づいてきた。そしてわたしの傷《きず》ついた顔をしげしげとながめた。わたしのほおにあるぬいあわされたさけ目を。

「手をかしてごらん」

なんて細くて長い指だろう。ハープをひくのにぴったりだ。わたしは節《ふし》くれだった自分の手でそれをにぎった。脈《みゃく》が手に伝わってくる。おまえのなかで命が息づいている。ずっと前からの知りあいのように思えた。

「おまえがペネロピーだね」わたしはいった。

「はい」

「わたしもペネロピーっていうんだよ」

ペネロピー。わたしが子どものころですら、時代おくれの名前だった。百一歳になるまで、同じ名前の人には会ったことがない。はじめて会えて、うれしい。「ペネロピー」という文字を書きしるして自分以外の顔が思いうかぶのが、うれしい。しかも、若い娘の顔だ。まだ何も傷がついてない顔。そして、アロウェイをもらってくれるのが、もうひとりのペネロピーであることもうれしい。そう、アロウェイというのがおまえのハープの名前だ。わたしがおまえのためにえらんだハープ。わたしはそれを贈《おく》ろうといった。

「そんなの、こまります、ペネロピーさん。代金をはらわせてください」

「いいんだよ、ミカ。もうきめたことなんだから。ペネロピーの誕生日《たんじょうび》はいつなんだい？」

「ちょうど一週間後です」

「そうかい。ペネロピー、その前の日にもう一度お父さんとここへおいで。おまえのイレブニング・イブだ。そのときまでにハープを用意しておくから」

アロウェイ。それはたくさんあるなかで、いちばん上等ではなかったけれど、何よりも愛しているハープだ。それをおまえがもらってくれるなんてうれしい。アロウェイは、わたしが二番目に作ったハープだ。はじめて作ったハープについてはこれから話す。さあ、笛吹きとのご対面《たいめん》だ。

第5部　笛吹きのための演奏《えんそう》

36　願いのなわとび

笛吹きの島の要塞《ようさい》をぐるりとかこむ浜辺《はまべ》に、ベルはおりたった。さいわい、だれにも気づかれずに上陸《じょうりく》できた。少なくとも、そう思えた。見はり小屋や衛兵所《えいへいじょ》らしきものはない。たぶん、そんなものは必要ないのだろう。そびえたつ絶壁《ぜっぺき》には、岩棚《いわだな》も足がかりもなく、地上から要塞に近づくのは不可能だった。

「さて、どうしようか、グース?」島に上陸して、状況把握《じょうきょうはあく》をすませたスカリーがいった。

わたしは前に森のなかでおぼえたように、思いきって「場《ば》をしきる」ことにした。

「いよいよ笛吹きにご面会《めんかい》よ」わたしはいった。

「どうやってなかへはいるの?」クェンティンがたずねた。

「ベル、てっぺんまでのせてってくれる?」

「いいけど、そのあとはどうするの、なんて名のるつもり?」

おっしゃるとおり。ここは、お客さんがひょっこりあらわれたり、近所の人がお茶しに来たりするような場所じゃない。作戦を立てなきゃ。さいわい、クェンティンのおかげで思いついたいいアイデアがあった。クェンティンの、手をもみしだいたり胸《むね》をたたいたりする芝居《しばい》がかったようすから、ときどきハーメルンにくる旅芸人の一座《いちざ》を思いだした。役者《やくしゃ》や歌手、曲芸師《きょくげいし》が、各地をまわって歌や詩の朗唱《ろうしょう》や手品を披露《ひろう》する。芝居好きの町の人たちは夢中《むちゅう》になって、退屈《たいくつ》な毎日からいっときでも解放《かいほう》されるならと気前《きまえ》よくコインを投げた。父さんもうんと若いころ、こんな旅の一座にはいって国じゅうをめぐり歩き、ハープをひいたり歌をうたったりと楽しい一年をすごしたことがあった。こんどは娘のわたしが、自己流《じこりゅう》だけど、父さんのまねをしてみよう。

わたしは勇気《ゆうき》ある仲間《なかま》たちにむかって声をはりあげた。「みなさん、世に名高いディープ・ドリーミング旅一座へようこそ！」

「なんですって？」ベルがきいた。

「ディープ・ドリーミング旅一座。わたしたちは世界を旅する劇団《げきだん》なの。食事と宿《やど》を提供《ていきょう》してもらうかわりに、歌やおどりや詩を披露して、わすれられない一夜をプレゼントするのよ。そして、次の公演《こうえん》場所は、あそこです」わたしは笛吹きの城を指さしながらいった。

「グース、そりゃあ名案《めいあん》だ！」スカリーがいった。

わたしはつづけた。「とにかくなかへはいっちゃえば、ソフィーやほかの子どもたちをさがせるわ」

わたしはもっともらしく一気にしゃべった。まるで時間をたずねるときみたいに、なんてことなさそうに。でもベルとクェンティンは、そうかんたんには納得《なっとく》しなかった。

「ちょっとまって。かりになかへはいって子供たちを見つけたとしても、笛吹きがすんなり引きわたしてくれると思う？」ベルがいった。

「かならず、逃《に》がす方法があるわ」わたしは答えた。なんとか自信たっぷりにきこえるように。でもほんとうは、どんどん自信がなくなってきた。

「それに、笛吹きが会ってくれるかどうかもわかんないよ。門前《もんぜん》ばらいってこともあるからね」クェンティンもいった。

わたしは自分にいいきかせるように答えた。「きっとよろこんで会ってくれるわよ。なんたって、このあたりに劇団が来るなんてめったにないもの」

「でも、ほんとに何か演《えん》じなきゃいけなくなったら？　にせものだって見やぶられちゃうわ」

「おいおい、ベル」スカリーが口をはさんできた。「おれたちにはすごい才能《さいのう》があるじゃないか！　きみは歌がうたえる。それに、クェンティンだって、えーっと……」

「フラワーアレンジメントができるわ！」ベルがうたった。

「うん。でなきゃ、ドラゴン伝説《でんせつ》を語るって手もある。いくらだって時間がかせげるよ」クェンティンもその気になってきた。

「ネズミがいたら、おれがつかまえる。ちょっと練習不足《れんしゅうぶそく》だが、腕《うで》は落ちてないはずだ」スカリーがいたずらっぽく笑っていった。

わたしは反論した。「だめよ、スカリー。あなたには一座の座長《ざちょう》をつとめてもらうんだから。ひとつずつ出《だ》し物《もの》の紹介をするの」

「だけどペネロピー、あなたは？」例によって現実的《げんじつてき》なベルがたずねた。「ほかの子どもたちといっしょに牢獄《ろうごく》にとじこめられてしまわない？　そんなことになったらわたし、長官に皮をはがれちゃう！」

「ベル、いまなんていった？」わたしはたずねた。

「長官に皮をはがれるっていったの」

「そうよ！」

「そうよって、何が？」

「皮よ。マカラスの皮があるじゃない。あれを着てドラゴンのふりをするの。なんとか皮をぬいあわせられないかしら？」

ペネロピー、この物語がおまえの手にわたるころには、おまえは十一歳だ。遅かれはやかれ、自分の冒険《ぼうけん》の旅に出るときがやってくる。その日が来たら、ドラゴンと出会うこともあるだろう。そういう思ってもみないことが、起きるものだから。もちろん、ドラゴンなんて見たこともないだろう。でも心配はいらない。会えばすぐ、ドラゴンの男の子だとわかるから。女の子かもしれないけれど。ドラゴンに出会うのは、恋に落ちるのとにている。恋をしたことがなくても、恋に落ちたらそれが恋だってわかるのと同じだ。

そうそう、万一《まんいち》ドラゴンにめぐりあって、あいさつしたあと話すことがなくなったら、おなかの袋《ふくろ》に何がはいっているのかたずねるといい。ドラゴンは、男の子でも女の子でも、おなかにカンガルーみたいな袋がついている。カンガルーはなかに子どもをいれて運ぶけど、ドラゴンの袋はだいじな物をいれておくためのものだ。宝物。クェンティンの場合は、スコッチ・ミントのキャンディー、手鏡《てかがみ》、裁縫道《さいほうどう》具《ぐ》がはいっていた。

「おばあちゃんの形見《かたみ》なんだ」クエンティンは、裁縫道具を袋から出していった。「いつ役にたつかわからないって、おばあちゃんはいつもいってた。ほんとだったんだね。じっとしてて。ぼくがぬってあげるから。できあがったら、ちゃんとドラゴンに見えるよ」

クェンティンは、仕事のはやい腕のいい仕立屋《したてや》になれる素質《そしつ》をもっていた。キャンディーをなめながら、にせドラゴンの仕あげの針をさすと、クェンティンはさけんだ。「できた！ ほんとうのマカラスよりマカラスらしいや」

「じつにいいできだ。ぬい目が見えない」スカリーがほめた。

「たいしたことないよ」クェンティンは顔を赤くした。

「ブラボー！　でも、笛吹きの前で何をするの？」ベルがいった。

せいいっぱい座長らしい声でスカリーが答えた。

「紳士淑女《しんししゅくじょ》のみなさま。いよいよグランド・フィナーレです。つぎなる出し物は、ロンドンやパリ、ローマやケルンにて、お客さまを感動のうずに巻きこみました。危険《きけん》きわまるなわとび芸で一、二を競《きそ》うライバル。今宵《こよい》は、どちらが究極《きゅうきょく》のなわとび名人かをきめるために、死にものぐるいでとぶことをちかっております。ディープ・ドリーミング旅一座が自信をもってお贈《おく》りするクェンティンと……フェントン、ドラゴンペアのなわとび対決です！」

「わくわくしちゃうわ！」ベルがさえずった。

「よーし。もういっぺん宙《ちゅう》がえりとびに挑戦《ちょうせん》してやるぞ」

作戦をねりおわるころには、太陽は地平線の下にしずんでいた。今晩は浜辺ですごし、要塞へはあしたの朝おとずれることにした。ベルがだいじなことを指摘《してき》してくれた。わたしがマカラスの皮をかぶってるから、みんながのるバスケットが必要だ。ベルはスカリーとクェンティンをつれて、バスケットの材料になるアシの葉や木ぎれをさがしにいった。

「ソフィーがいれば編《あ》んでもらえるのになあ。でも、百回くらい見てるから、なんとか作れると思うよ」スカリーがいった。

わたしは手をふって、浜辺を歩いていくみんなを見おくった。自分だけの時間ができて、うれしい。ドラゴンのかっこうでなわとびをする練習をしなきゃ。わたしはロープを手にとり、回しはじめた。

雲は嵐《あらし》に、海は泡《あわ》に
家に帰って何年たった？
はさみ、岩、紙、針、糸、ブローチ
恋しい人を思いうかべ、名前を呼んでなわとびにいれよう
ひしゃく、スプーン、シチューなべ、やかん、湯気、蛇口《じゃぐち》
会いたい人を呼んでごらん！

砂浜でとびながら、わたしは友だちの名前を呼んだ。ウルフリート、リヒァルト、キア、ラーデグン。ブリギット、マウラ、キャニス、ヨーアン。ヘンリー、ソフィー、テオ、ローアン。ハーメルンの子どもたちの名前をひとりずつあげていく。そして、ひとりひとりにちかった。ぜったいに家族のもとへ連れてかえるからね。シャンタル、グレゴール、マルガレート……。これで全員？　ううん、そうじゃない。たいせつな人をわすれていた。その男の子は、ほかの子みたいに行方不明《ゆくえふめい》にはならなかった。けれど、ある意味で行方不明になっているようなものだ。わたしはその子が失ったものを心に強く感じた。その子の顔を思いうかべる。そして大きな声でその名を呼んだ。

はさみ、岩、紙、針、糸、ブローチ
アロウェイ、アロウェイ、おーはいり！

いきなりロープがもつれ、なれないドラゴンの足がひっかかった。ついさっきまで何もなかった場所

に、その子が、アロウェイが立っていたからだ。どういうわけか、わたしの声がきこえたらしい。そしてどういうわけか、やってきた。しかも、ひとりじゃない。となりにはユリシーズがいた。犬らしく歯をむき出して笑い、しっぽをふって。年はとっているけれど、三本足でしっかり立っていた。

37　はじめて作ったハープ

書くのは三日ぶりだよ、ペネロピー。そのあいだずっと、ベッドにいた。どんな病気にとりつかれたのかはわからない。胸《むね》が重苦《おもくる》しく、肺《はい》が燃えるようだった。急な坂を長時間歩きつづけたときみたいに。そのあいだずっと、眠ったり目がさめたりのくり返しだった。

すごくおかしな夢を見た。カスバートが出てきた。アロウェイやソフィーも。母さんも、父さんも出てきた。父さんはハープを手にしていた。その音色《ねいろ》の美しいことといったら！　クェンティンとベルもいた。ところが目をあけて夢からさめるといつも、わたしのそばには影がいた。影はわたしの胸にのっかっていた。子どものころスカリーがよくしたように。スカリーはふわふわしていてあったかかったけれど、影はこごえるように冷たかった。影が話しかけてくる。あまい言葉《ことば》をささやく。そのままいすわって、わたしにすり寄ってこようとする。せっかく起きあがれるほど気分がよくなっていたのに。

「お行き、影。わたしはいそがしいんだ！」

すると、影はようやくわたしの抗議《こうぎ》に気づいてくれた。やっと去っていった。さあ、これ以上ぐずぐずしていられない！　いそがないと。ペネロピーのイレブニング・イブまであと二日。そしたら、ミカがペネロピーをつれて、ハープを取りにくる。ペネロピーがアロウェイをひきとりに来るまで、あと二日しかない。それまでにまだやるべきことがたくさんある。語るべきこともたくさんある。

はさみ、岩、紙、針、糸、ブローチ
アロウェイ、アロウェイ、おーはいり！

すると、アロウェイがあらわれた。三本足のユリシーズをつれて。うれしいやらびっくりするやらで、わたしは大声をあげた。マカラスの皮をかぶっているのもすっかりわすれて。かわいそうなユリシーズ！　いつもの時間と場所からひょいとさらわれたと思ったら、こんどはいきなりドラゴンがむかってきたんだから。ユリシーズはキャンキャンほえた。

「ユリシーズ！　どうしたっていうん……」アロウェイがさけんだ。

いいおわらないうちに、わたしはアロウェイに抱きついた。

「やったあ！　いらっしゃい！」わたしはさけんだ。そしてアロウェイとユリシーズと、石ころだらけの浜辺《はまべ》の上でころげまわった。十一本の手足がからみあう。このときほどうれしい再会はなかった。

「ペネロピー、何かあったのかい？　なんだか手ざわりがちがう！」わたしのドラゴンの顔に手を走らせながら、アロウェイはきいた。

「アロウェイ、話せばすごく長いの。それよりきかせて。どうやってここへ来たの？」

「ぼくにもわからない。悲しくて、心がぼろぼろだった。子どもたちは行方不明《ゆくえふめい》。その親たちは泣いてるし。きみの母さんや父さんは、ベッドの横で口もきかずにしずみこんでいる。ぼくは馬屋《うまや》へ行き、わらの上に寝そべった。となりにユリシーズも横になった。ユリシーズは森のなかでぼくを見つけたときから、ぼくにつきっきりなんだ。カスバートがいうには、ぼくがまた迷子《まいご》になったらたいへんだと思っているらしい」

「こんなに遠くまでついてくるなんて、本物《ほんもの》の親友ね」

『こんなに遠く』って、どれくらいなのかな？　ペネロピー、ここはどこなの？」

わたしたちは腰《こし》をおろして語りあった。ディープ・ドリーミングの旅がはじまってからいままでのことを、わたしはぜんぶ話してきかせた。生まれつき目の見えないアロウェイは、わたしがここに来てまたきこえるようになったみたいには、視力《しりょく》がもどらなかった。アロウェイはがっかりしてたのかもしれないけど、口には出さなかった。ひたすら、子どもたちをさがす話ばかりしていた。

「要塞《ようさい》のなかにソフィーやほかの子どもたちがとじこめられているのは、たしかなのかい？」

「そんな予感がするの。でもたしかめるには、なかへはいるしかないでしょ」

「うん、そうだね。やるしかない」

アロウェイはこんなにソフィーを愛してるんだ！　そう思うと、胸《むね》がちくちく痛んだ。アロウェイのこの気もちだけで、ソフィーを救《すく》えるだけの力がある。わたしたちはいつまでも話しつづけた。やがて、ほかのみんなが木ぎれのたばをかかえてもどってきた。わたしたちを見つけて、どんなにおどろいたことか。

スカリーはわたしの肩にぴょんととびのっていった。「やれやれ、グース！　アロウェイが来てくれたのはうれしいけど、あの犬までつれてくるなんて、どういうことだ？」

「アロウェイがハープをもってないのは残念だね。ハープがあれば旅一座《たびいちざ》の芸人として、笛吹きの前で演奏《えんそう》できるのにさ」クェンティンがいった。

「わたし、作れるかも」わたしはいった。いいながら、ぞくぞくするような興奮《こうふん》が体をかけめぐるのを感じた。

「グース、おまえ作れるのか?」

「うん。材料さえあれば、作れるわ」

そのひと言で、わたしの将来《しょうらい》はきまった。

「ペネロピー、ぼくがあげたネックレス、まだもってる?」アロウェイがきいた。

のどのあたりをさわると、たしかに、編《あ》んだ八本の弦《げん》があった。音をたてないドレミファソラシド。すっかりなれてしまって、してることもわすれていた。

「もってるわ」

「弦があれば、ハープは半分できあがったようなものさ」

「浜に流木《りゅうぼく》が落ちていたわよ」ベルも話にのってきた。

「流木? そんなんじゃ……」

わたしはふいに言葉を切った。そういえば父さんが、ハープはどんな木でも作れるといっていた。作り手は、木の声に耳をかたむければいい。木の鼓動《こどう》に耳をすます。木目《もくめ》のなかに生きている音楽に耳をすます。

「わたし、取ってくる」ベルはそういうと、とんでいった。

まさにこのとき、わたしの残りの人生がスタートしたのだよ、ペネロピー。わたしはベルが運んできた流木を受けとった。それを抱きかかえ、耳をすます。木の声がきこえてきた。そしてわたしは、作りはじめた。首からさがっていたものと、アシの葉にまざって浜に打ちよせられた木片《もくへん》で、はじめてのハープを作った。見た目はあまりよくなかったけれど、ハープにはちがいない。できた。ねえ、きれいな音をきかせて。わたしはそれをアロウェイにわたした。アロウェイはハープをひいた。ハープはうたってくれた。ペネロピー、うたってくれたんだよ。なんて美しい歌声！

38 笛吹き

ペネロピー、おまえがわたしの父さんからハープのひき方を教われないのは残念《ざんねん》だ。これまで父さんほどすばらしいハープ奏者《そうしゃ》はいなかったし、父さんほどりっぱな先生もいなかった。父さんは生徒たちに、音楽は単にメロディーをかなでることでも、正しい音を出すことでもないと教えた。すばやい指の動きにもまして、心をひらくことがたいせつだと。

父さんはよく弟子たちに話していた。「忘れてはいけない。音楽は神さまからおあずかりしているものなのだ。神の恵《めぐ》みのうちで、もっともすばらしいものだ。だからつねに尊敬《そんけい》の念をもたなければならない。敬意《けいい》をはらいなさい。自分の才能《さいのう》や楽器に対して、そして観客《かんきゃく》に対しても。きかせる相手が王様でもこじきでも、ひとりでも千人でも、同じだ。ハープに対して、つねに変わらぬ注意と愛情をそそぐこと。あなたがたが手にしているのは、神さまからの贈《おく》り物だ。たいせつにあつかいなさい。きちんとみがいてあげなさい。そしていつか神さまにそれをおかえしするんだ」

父さんは高い理想のもち主だった。教えることはかならず自分で実践《じっせん》した。でもいくら父さんでも、ディープ・ドリーミング旅一座《たびいちざ》の最初で最後の舞台《ぶたい》を見るために集まった観客たちに敬意をはらうことだけは、むずかしかったかもしれない。

「つかまって！」ベルはそうさけぶと、わたしたちをのせて空に舞《ま》いあがり、垂直《すいちょく》にそそりたつ要塞《ようさい》の上へとんでいった。そして、入り口をさがして塔《とう》のまわりを旋回《せんかい》した。すぐに入り口とわかるものはなく、入り口へつうじるはしごや階段もなかった。ようやく、わたしたちは厚い木の板で作られたドアを見つけた。チーズをかたどったりっぱな鉄のノッカーがついていた。

「あれはきっと、ブリーチーズだな」スカリーがいった。

ベルはドアの前で、花の蜜《みつ》を吸うハチドリのように、ふわふわとんでいた。クェンティンが手をのばしてノッカーをつかむ。大きな音でまず三回、それからまた三回たたいた。ようやくドアのあちら側で、ぶつぶついう声と、引っかくような音がした。ドアがひらき、ぼろぼろの制服《せいふく》を着たでっかいネズミがじろっとにらんだ。

「いったいなんの用だ？」ネズミはどなった。あやしまれるのもむりはない。わたしたちは、かなりみょうなかっこうをしてたから。息を切らしたトロラヴィアンがまにあわせのバスケットを首にぶらさげ、そのなかに、二匹のドラゴンと、猫と、三本足の犬と、流木《りゅうぼく》のハープをかかえた少年がのっている。来た目的を説明すると、ネズミはげらげら笑った。

「芝居《しばい》？　けっ！　あいにくご主人さまは客がきらいでな。でもちょっとまってろ。ためしに見ようとおっしゃるかもしれん。おれにしても、おまえたちみたいなのは見たことないからな」ひどい歯にさらにひどい息のネズミがわめいた。

ネズミはなかへはいっていった。そして数分後にもどってきた。

ネズミはニヤニヤしながらいった。「おまえたち、ついてるぞ。ご主人さまは兵隊《へいたい》たちのために宴会《えんかい》をしてくださる。士気《しき》を高めるとおっしゃってな。ご主人さまが、おもしろいのかとおたずねだ。たしかにかっこうはおもしろいが、やることもおもしろいのか？」

「それはもう、お楽しみいただけるかと。マドリッドでは、客が通路で笑いころげておりました」スカリーが答えた。

「城壁《じょうへき》の穴からはマドリッドは見えん。ところで、おまえは猫か？」

「はい、猫でございます。お気づきになられるとはお目が高い」

「ここじゃ猫はきらわれ者だ」ネズミは追いはらうように、槍《やり》をふりかざした。

「おやまあ。わたくしをおそれる必要はございません。すでに改心《かいしん》しております」

「かいしんだかかんしんだか知らんが、とにかく、おもしろいのはいいが、おかしなまねはするなということだ。おれのいっている意味、わかるな？」

「もちろんです、ネズミさま。わかっております」

わたしたちは、大きくて窓のない広間へつれていかれ、そこでまっているようにいわれた。広々した部屋には松明《たいまつ》がともされていた。前のほうにステージ用の壇《だん》があり、観客がすわれるベンチがずらっと並んでいる。

「たいした劇場《げきじょう》じゃないね」クェンティンが感想をもらした。

「ひどい音響効果《おんきょうこうか》だわ」発声練習《はっせいれんしゅう》をすませたベルもいった。

「なんとか成功させなきゃ」わたしはなるべく楽天的《らくてんてき》にいった。アロウェイはドラゴンの皮の上から手さぐりしてわたしの手を見つけると、ぎゅっとにぎった。

アロウェイはいった。「心配いらない。あっというまにここを出られるよ。そうしたら、家に帰れる」

アロウェイがいてくれるのは心強かったけど、この計画でほんとうによかったのかどうか不安になってきた。でも、どんなにむこうみずといわれても、ここまで来たらもうやるしかない。わたしたちが来たことは、ただちに要塞じゅうに伝えられたらしく、数分後には広間はうかれさわぐ観衆でいっぱいになった。ソフィーやほかの子どもたちの姿《すがた》は見えない。笛吹きの姿もない。ドラゴンの衣装《いしょう》のなかからのぞけたのは、めざめの世界で見なれた光景だった。見てうれしいもんじゃない。スカリーも同感だったらしい。あのスカリーが、おじけづいている。

「ああ、グース。犬といっしょにステージにあがるだけでいやなのに、ネズミの大群にあいきょうをふりまかないといけないなんて、千倍いやだ。うーっ、ひどいにおい！　やかましいったらない！　これが家だったら、いますぐ爪《つめ》をむいて、ひとあばれしてやるのに」

そこにいたネズミたちは、ハーメルンでわがもの顔にふるまっていたネズミたちとそっくりだった。どんな訓練《くんれん》をされているのか、広間に集まっても、やじをとばしたり、さけんだり、ふざけたりしている。ほんとうにハーメルンにいたネズミなのかもしれない。ほかの列にいる友だちに手をふるネズミもいれば、鼻に親指をつっこんで汚い言葉《ことば》をさけぶネズミもいた。つばを吐《は》いたり、ばちあたりなことを口にするネズミもいた。みんな、くさったくだものやカビが生えたパンをぶつけあい、わたしたちにも投げつけた。

「ショータイム！　ショータイム！　ショータイム！」ネズミたちはわめきちらしながら、ベンチの上で足を踏《ふ》みならした。

スカリーは一生懸命《いっしょうけんめい》どよめきをしずめようとした。どうやら、ハーメルンにくる旅芸人《たびげいにん》たちの開幕《かいまく》のあいさつをよく観察《かんさつ》してたらしい。とても初舞台とは思えなかった。

「役者たちから、みなみなさまにごあいさつ申しあげます。ディープ・ドリーミング旅一座の公演にお集まりいただきまして光栄《こうえい》にぞんじます。ささやかではございますが、音楽と曲芸による魅惑《みわく》のスペクタクルをお楽しみください」

「魅惑のスペクタクル！」一匹のネズミがさけんだ。

「音楽と曲芸！」別のネズミも。

「三本足の犬を出せ！」三番目のネズミがわめいた。

「三本足の犬だ！　三本足の犬だ！」大合唱になった。

みすぼらしいステージの片すみで、わたしたちは不安になっていた。

「こまったことになったわね」ベルが心配そうにいった。

「どうしよう」わたしもいった。自信がみるみるくずれていく。

「こんなにがさつな連中、見たことないよ」クェンティンがいった。

スカリーはめげずにしゃべりつづけた。

「ありがたい！」スカリーはさけんだけど、ほとんど声がとおらない。「これほど反応《はんのう》のいいお客さまにお目にかかるチャンスはめったにありません。歌がお好きなかたはどれぐらいいらっしゃいますか？」

ブーイングがわきおこった。

「美しい声をひびかせますのは、月光と歌の女王、トロラヴィアンのベルでございます」

バナナの皮とリンゴのしんがとんできた。

スカリーはくだもののミサイルをみごとかわして、つづけた。「どうやら、歌はお気にめさないようですな。では、これならハラハラドキドキうけあいです。ディープ・ドリーミング旅一座が自信をもっておくりする、なわとび名人ライバル、クェンティンとフェントン。さあ、ドラゴン・デュオの対決です！」

けれどネズミたちはなんの興味《きょうみ》も示さなかった。手をたたき、足を踏みならし、声を合わせてさけぶ。ほとんど暴動《ぼうどう》だった。

「やだ！　やだ！　やだ！　三本足の犬を出せ！　やだ！　やだ！　やだ！　三本足の犬を出せ！」

ユリシーズはくーんとないて、しめった鼻《はな》をわたしの首におしつけてきた。ユリシーズにできること、何かなかったっけ？　お手？　おすわり？　寝がえり？　ワンワンで「キラキラ星」をうたう？　ユリシーズの演技《えんぎ》は予定にはいっていなかったのに、ネズミはユリシーズしか見る気がなかった。

「三本足の犬！　三本足の犬！　おどれ！　おどれ！」

「しずまれ」

広間の奥から声がきこえた。

「しずまれ」

あばれまわるネズミたちのわめき声を、そのひと言がすぱっと切りさいた。「しずまれ」という言葉《ことば》は、まるでネズミたちの舌をちょんぎった切れ味するどい刀《かたな》みたいだった。ネズミたちが立ちあがって、ふりかえる。深々《ふかぶか》とおじぎをして、きちんと整列《せいれつ》する。そのあいだを、男がのしのし歩いてきた。わたしたちがはるばる会いにやってきた男だ。

まだらのぼうしにまだらのチュニック。まだらのタイツにまだらのマント。やせてごつごつした顔。

残酷《ざんこく》そうな口もとに、ぎらりと光る目。あの四月の午後に見たときと、ほとんど同じだった。あのとき男は、ハーメルンの広場に立って、笛を口にあててネズミをおどらせた。でもあのときは、ほとんど存《そん》在感《ざいかん》がなかったのに、ここディープ・ドリーミングの世界では長年かけて自信をつけたのか、いきいきと活気にみちていた。

「いいかげんにしろ」

笛吹きが前のほうに歩いてきた。みんながその姿を目で追う。うす暗い広間のなかで、笛吹きだけがなぜかかがやいて見えた。邪悪《じゃあく》な心がにじみ出ている。

「おふざけはこれぐらいにして、目の見えないハープひきを出せ」

みなの目が、目の見えない者にむけられた。全員がアロウェイのほうをむいた。

「目の見えないハープひきを出して、演奏《えんそう》をさせろ。われらのかわいい歌姫《うたひめ》に歌をうたわせようではないか」

「グース！」スカリーが声をあげた。わたしはステージからとびおりたいのを必死《ひっし》でこらえた。笛吹きにはネズミの従者《じゅうしゃ》たちがつきしたがい、荷車《にぐるま》を引いていた。その上に、金ぴかの檻《おり》がのっている。そしてその檻のなかには、ソフィーがいた。

39　ツグミの歌

かわいそうなソフィー！　荷車にのせられてネズミだらけの広間にはいってきたときのソフィーほど、

暗い顔は見たことがない。ソフィーはうつむいたまま、こっちに目をむけもしない。アロウェイのほうは、檻《おり》があることも、そのなかにだれがいるかも、気づいてなかった。

「さあ、かわいい歌姫《うたひめ》。何をうたってくれるのかな？」ぞっとするような流し目をして、笛吹きはいった。

ソフィーが何かつぶやいた。

「はっきりしゃべれ！」

また、小さい声でいう。

「『ツグミの歌』か。よかろう。ハープひき！　おれの歌姫が『ツグミの歌』をうたうそうだ。知っているか？」笛吹きが大よろこびでいう。

アロウェイはうなずいた。クェンティンがアロウェイをステージのまんなかにつれていった。ユリシーズもついていってそばで横になり、いじわるそうな目で見つめるネズミたちを見はった。アロウェイがハープの弦《げん》をポロン、ポロンとはじく。そして、演奏《えんそう》がはじまった。

ペネロピー、いつかおまえは、りっぱな音楽家になるだろう。そう信じてなかったら、たくさんあるハープのうちでいちばんのお気にいりをあげはしない。ハープのひき方が、指紋《しもん》と同じぐらい自分の一部になる日がかならずくる。そうなればもう、おまえのサインのようなものだ。

アロウェイはけっしてすばらしいハープ奏者《そうしゃ》じゃなかった。でも父さんは熱心に教えた。アロウェイには自分なりのひき方が身についていたから、ソフィーはすぐにぴんときた。アロウェイがはじめのほうをひくと、ソフィーがはっとした。顔をあげ、檻の外に目をむける。ハープひきに気づくと、おどろいて息をのんだ。歌がはじまるところまで演奏がすすんでも、おどろきで声が出せなかった。

「どうしたのかな。おまえの歌声をみんながききたがっているんだよ」笛吹きがニヤニヤした。アロウェイがひきなおし、こんどはソフィーもうたった。さいしょはためらいがちだったけど、しだいに熱がはいった。

そしてこんどはアロウェイがショックを受ける番だった。ソフィーがアロウェイのハープの音色《ねいろ》に気づいたように、アロウェイもすぐにソフィの声に気づいた。

夜がやってきました
生きとし生けるものが眠るとき
ほらほら、お母さんツグミも
自分の巣にもどりました

わたしは息をつめた。どうかアロウェイがまちがえませんように。

おやおや、お母さんツグミは
ひな鳥をさがしています
かわいいふわふわの小鳥たちは
とび去ってしまったのです。

わたしのまわりには、いつも音楽があった。父さんがはたらきざかりのころは、世界じゅうから吟遊《ぎんゆう》詩人《しじん》がハーメルンにやってきた。有名なハープの演奏や歌もたくさんきいた。でもね、ペネロピー、これだけはいえる。このときのアロウェイとソフィーほどすばらしいものはなかった。

だんだん、ソフィーの声はすんできた。だんだん、アロウェイの演奏は自信にみちてきた。ふたりがつむぐ甘いハーモニーをきいてると、愛の誓《ちか》いをきいているようだった。ネズミたちですら、ネズミでいることをわすれ、うっとりと耳をすませていた。

かわいいふわふわの小鳥たちは
お空へとんでいきました
悲しくて胸《むね》がはりさけそう　死んでしまいたい
お母さんツグミはなげきます
お母さんツグミは歌います、世にも悲しいお別れの歌
歌はこだまします、ここにも、あそこにも
やがてお母さんツグミは翼《つばさ》の下に顔をかくし
さいごの涙《なみだ》を流します

最後の音が、いつまでもいつまでもひびいていた。やがてあたりはしんとした。ソフィーはアロウェイをじっと見つめている。そのきょとんとした顔を見ているうちに、なんだかおかしくなってきた。

「きれいな歌だなあ」クェンティンが小声でいった。

「きっと、トロラヴィアンの血が流れてるんだわ」ベルもいった。

ネズミたちもその場にくぎづけになっていた。でも、うっとり気分は長くはつづかなかった。まもなく、一匹のネズミがげっぷをした。別のネズミが笑った。たちまちネズミたちはいつもの姿に逆もどりした。

「犬！　犬！　三本足の犬！」

「しずまれ」

ネズミたちはおとなしくなった。

「すてきだったよ、歌姫。とてもすてきだった。それから若いハープひきよ、おまえならいけそうだ。うん、うまくいきそうだ」

そしてそのとき、笛吹きはその言葉を口にした。このごろ、あの悪ガキのメロンたちのくちびるに人の悪口が読みとれると、わたしがつい口にしたくなる言葉。笛吹きがその言葉を口にすると、ネズミの群《む》れは、ウォーとどよめいた。ユリシーズは三本足でとびのいて、うーっとうなった。ソフィーとクェンティンはそろって気を失った。

「うそでしょ！」ベルがさけんだ。

「グース、なんてことだ」スカリーがいった。

大よろこびのネズミたちが見まもるなかを、笛吹きは玉座からおりてきた。そしてさっきまでアロウェイだったネズミをすくいあげ、ポケットにいれると、広間からのしのし出ていった。

40　呪文《じゅもん》をとなえる

衛兵《えいへい》ネズミが檻《おり》のドアをぴしゃりとしめ、鍵《かぎ》をかけた。

「いやー、おもしろかった。なかなかの見物《みもの》だったよ。しばらくかわいい歌姫《うたひめ》といっしょにいろ。おまえらの部屋《へや》のしたくをしてくるから。きっと気にいるぞ。とびっきりのデラックスルームさ！」

衛兵はそういうと、笑いながら広間を出ていった。ベルトについている鍵をじゃらじゃらいわせて。

スカリーが小声でつぶやいた。「まってろよ。目にものみせてやるからな」

ベルは、気を失ったクェンティンの目を懸命《けんめい》にさまそうとした。わたしはソフィーのわきにひざまずいた。

「ソフィー」

ソフィーがぴくっと動く。

「ソフィー、起きて」

ユリシーズがくーんとないて、ソフィーの顔をなめた。ソフィーが目をあける。びくびくして、ふしぎそうな顔をしている。むりもない。ドラゴンやトロラヴィアンに会うのなんてはじめてだろうから。

「近づかないで！　ほっといて！」

「ソフィー！　わたし。ペネロピー！」

ソフィーは信じられないという顔でわたしを見た。顔がこわばっている。

「ううん、ちがう。どうせこれも、笛吹きのわななんだわ」

「わなじゃない。このおれが、そこいらにいるただの三毛猫《みけ》に見えるかい？」スカリーがいった。

「ソフィー！　なんて目してるの！　おっきなお月さまみたい！」わたしは吹きだしそうになりながらいった。

ソフィーは、檻のさくに背中《せなか》をおしつけて立っていた。

「でも、あなたがわたしの妹のはずないわ。それにあなたも……ううん、まさか。そんなことありっこない」わたしとスカリーを見ながら、ソフィーはいった。

「ぜんぶほんとうなの」ベルがうたうと、その声の美しさにソフィーの目はさらにまるくなった。

クェンティンも起きあがろうとしている。

「クェンティン、裁縫道具《さいほうどうぐ》をもってたわよね？」わたしはいった。

クェンティンはおなかの袋《ふくろ》から取りだした。

「やってくれる？」わたしはたのんだ。

クェンティンははさみを取りだすと、目だたないぬい目をチョキチョキと切った。ドラゴン皮が、ひたいのところでふたつにわれた。

「まあ」わたしの笑顔がマカラスの顔の下からのぞいたのを見て、ソフィーは声をあげた。

「そんな……」ソフィーの顔がさーっと青ざめる。

「ひざのあいだに頭をはさむと気を失わずにすむよ」クェンティンがいった。

ソフィーはみんなの顔を順番に見ながらたずねた。「でもどうして？　どうやってここへ……」

そこで、できるかぎりくわしく話してきかせた。

ソフィーはようやくわたしを腕《うで》に抱きしめてこういった。「ペネロピー、いったとおりになったでしょ。あんたのイレブニングはわすれられない日になるって」

「ソフィー、ほかのみんなはどこにいるの?」

「ほかのみんな?」

「子どもたち。ルートヴァン、ワルデフ、クレメンス、オグリヴィー。ほかの子たち、みんな」

「だって、さっき見たでしょ」

「見た? どこで?」

「広間にきまってるじゃない」

すぐにはぴんとこなかった。

「でも、見かけなかったよ。ネズミしかいなかった」

「そうよ。それをいってるの。ネズミしかいなかったわよね。生まれつきのネズミもいたし、そうでないネズミもいた」

そういうことだったんだ……。

「あれが子どもたち?」

ソフィーはうなずいた。

「全員? アロウェイみたいにネズミにされたの?」

「わたし以外はみんな。歌をきかせるために、わたしだけそのままの姿《すがた》で残されたの。笛吹きのかわいい歌姫としてね。さっききいたでしょ」ソフィーはくやしそうに答えた。

「でも、あのネズミたち、めちゃくちゃひどかったよ。ハーメルンの子たちがあんなに行儀《ぎょうぎ》が悪いはずない！」

「変身するとああなるの。この目ではっきり見たわ。笛吹きに見せられたの。人間らしさが残っていたのは最初のうちだけ。何時間かたつと、すっかり……」

「ネズミになったのか」スカリーは軽蔑《けいべつ》をこめていった。

「おそろしい」ベルがいった。

「どういう意味かな、笛吹きがアロウェイに『おまえならいけそうだ』っていってたよね」クェンティンがきいた。

ソフィーは答えた。「わたしにもわからないわ。でも、何かたくらんでいるのはたしかよ。ずっと前から計画を立てているわ。何か危険《きけん》なことを」

危険。母さんのくちびるにその言葉《ことば》がうかんだときのことを思いだした。危険。ふいに、笛吹きが何をしようとしているのかわかった。見えてきた。幻灯機《げんとうき》の像がぼんやりと壁にうつしだされるように。

どこかで、長いあいだなりつづけていたハープがその音色《ねいろ》をとめようとしている。どこかで、古い呪文《じゅもん》がとけかかっている。うっそうとした深い森のどこかにある、ツルにおおわれた家のなかで、カスバートの兄さんが眠りからさめようとしている。そして夢でできた海のまんなかにあるこの島の要塞《ようさい》では、笛吹きが、自分の眠りをさますために必要な軍隊《ぐんたい》を集めようとしている。目の見えないハープひきのアロウェイも、何かの役に立てようとしている。でもどんな？　つきとめなきゃ。

「ちょっといいかい？」

衛兵ネズミだった。ぎりぎりセーフでドラゴン皮をかぶれた。

「ティー・パーティーをじゃまして悪いが、ご主人様が歌姫をお呼びだ。楽しいお出かけじゃないかな。いいね、うらやましいね」

ネズミが檻をあけた。ソフィーはしりごみした。

「さ、はやくしろ。時間がないんだ。さっさと外へ出ろ」

どうしようもなかった。ソフィーは檻の外へ出た。ネズミにせかされる。こちらをふりかえって手をふると、ソフィーは行ってしまった。

「ソフィーは、どうなるんだろう？」スカリーがいう。

「ぼくたちは、どうなるんだろう？」クェンティンもいった。

「わたしが本物のエリート護衛隊《ごえいたい》の隊員なら、何かいいアイデアを出せるはずなのに」ベルがいった。

わたしは口をつぐんでいた。神経《しんけい》を集中させる。旅に出るときだ。こんどはひとりで。

「クェンティン」

「なに、ペネロピー？」

「この皮をはずして」

スカリーはいった。「ダメだよ、グース。危険すぎる。もし笛吹きに見つかったら……」

「見つからないわ、だいじょうぶよ」わたしはいった。

ベルもいった。「そんなこと許可《きよか》できないわ。長官に……」

「長官はここにはいないわよ、ベル。クェンティン、おねがい」

はさみが出てきて、ぬい目が切られた。

「眠ってるみたいに見えるように、マカラスの皮は立てかけておいて。そうすれば、見はりネズミたちがたまたまとおりかかっても、わたしがいなくなったのに気がつかないわ」

わたしは必死《ひっし》で考えた。いろんな考えをふりはらい、どうしてもやらなくちゃいけないんだっていいきかせる。笛吹きの言葉を心に思いうかべる。さっきアロウェイに対してつぶやいた言葉を。そしてその言葉を、自分にむかってつぶやいた。勇気ある仲間《なかま》たちが、息をのむ。

「グース！」スカリーはさけんだ。自分が見たものに、おそれおののいている。

ふりかえらずに、わたしは檻のさくをすりぬけて、要塞の奥へと走りだした。わたしと同じ、ほかのネズミたちをさがすために。

41　ネズミの知っていること

ハーピー、ハーピー、傷顔《きずがお》やーい。あんたにぴったりな名前だよ
アナグマみたいに汚《きたな》くて、トガリネズミみたいにいじわるだ

ペネロピー、これが、近ごろメロンたちがわたしにあびせかける言葉だ。わたしもわかっている。あの子たちのことは、軽蔑《けいべつ》するんじゃなくてあわれんでやるべきだ。まだほんの子どもで、考えなしにいっているだけだ。それに、いつか自分たちのはしたない言動《げんどう》を後悔《こうかい》して、あやまりたくなるはず。何もかもわかっている。それでもわたしはあの子たちが憎《にく》い。いいすぎだろうか。いや、やっぱりあの子たちが憎い。あの子たちが心をいれかえるとは思えない。やつらを本物《ほんもの》のハーピーと対面させることができるなら、よろこんでそうするだろう。本物のハーピーなら、さっさとしまつしてくれるはず。

わたしの知っている呪文《じゅもん》をひとつふたつとなえるのなんかは、ハーピーのやることにくらべたらたかがしれている。だけど、悪党《あくとう》のメロンがネズミに変身《へんしん》した姿を見るだけでも、満足《まんぞく》できる。だってわたしは知っているから。ネズミの目線でちょこまか走りまわると世界がどんなふうに見えるのか。しっぽが地面をこするときにはどんな感じがするのか。人間が思わずひるんでしまうようなにおいに、どうしてよだれが出てしまうのか。わたしにはわかる。ネズミにはどんないいぶんがあるか。何をのぞみ、何をおそれているか。時間さえあればいくらでも話してあげられるよ、ペネロピー。ネズミの生活がいったいどんなものなのか。

まさにその瞬間《しゅんかん》から、わたしの足は二本から四本になり、鼻はピンクになり、頭はネズミの考えることでいっぱいになった。ハーメルンの子どもたちが、どうしてあんな下品でばちあたりな生き物になってしまったのか、よく理解《りかい》できた。ぜったいに、心までネズミになってはならない。そうなったら、二度と自分にはもどれない。どれぐらいで、みんなのように性格まで変わってしまうのだろう？　でもいまはそんなことを心配している場合じゃない。とにかく、みんなを見つけなきゃ。

ネズミになったことがなければ、ぜったいに「ちょろちょろ走りまわる」という言葉の意味は正しく理解《りかい》できないはず。わたしは要塞《ようさい》のなかをちょろちょろ走りまわりながら、自分にくりかえしこういいつづけた。「わたしはペネロピー。ゴーヴァンの娘、エバの娘、ソフィーの妹。年は十一歳。ほんとうのわたしにもどるための言葉は以下のとおり」そして、わたしをネズミに変えた呪文《じゅもん》の言葉を心のなかでくり返した。その呪文こそ、ネズミを人間にもどす言葉でもあるはず。忘れてしまったら、一巻のおわり。

でも、どこへ行けばいいの？　どこへ？　わたしはうす暗い廊下《ろうか》を走りまわった。どんどん廊下を進みながら、ネズミのにおいを求めて鼻をくんくんさせる。そのにおいは、いまや自分のにおいでもある。

「わたしはペネロピー。ゴーヴァンの娘、エバの娘、ソフィーの妹。年は十一歳。ほんとうのわたしにもどるための言葉は以下のとおり」

音がする。わたしは立ちどまり、耳をすませた。まただ。なんの音？　あっ、そうだ！　あれだ。あのメロディー。あの音楽だ。笛吹きの、笛の音。

「わたしはペネロピー」

耳がきこえた最後の晩に見た夢を思いだした。その夢のなかで、笛吹きの演奏《えんそう》をきいた。いまきこえるのがそう。同じメロディー。高らかで甘い、魅惑《みわく》のメロディー。

「ゴーヴァンの娘、エバの娘」

音楽がわたしを引きよせる。渦《うず》のなかへ巻きこむ。わたしをのみこんでいく。

「ソフィーの妹」

床の敷石《しきいし》のざらざらした感触《かんしょく》を、小さなピンクの足に感じた。小さな心臓《しんぞう》がドキドキする。みんなを見つけなきゃ！　見つけなきゃ！

「年は十一歳」

廊下の角を曲がり、広間をとおりぬけ、ドアをひとつぬけ、ふたつぬけ、階段をおり、また廊下を走り、階段を上へ上へとのぼりつづけ、通路をぬけ、塔《とう》にたどりついた。すると、いた。ネズミたちがいた。

「ほんとうのわたしに……」

茶色い流れ。しっぽの波。笛吹きのあとについて、塔の壁にあるドアをとおりぬけていく。なんでこんなところにドアがあるの。その先には何もない。一歩ふみだしたら空中で、ま下にある岩だらけの浜にすとんと落っこちてしまう。

「ほんとうのわたしに……」

ネズミたちはドアをとおりぬけると、ちらちら光って、空中に吸いこまれた。あっ、わかった。国境だ。ネズミたちはこの国を出ようとしている。ディープ・ドリーミングの世界からめざめの世界へはいろうとしている。いっしょに行かなきゃ！

「もどるための言葉は……」

いっしょに行かなきゃ！

「言葉は……」

行かなきゃ！

「言葉は……」

ペネロピー、あれほどものすごい力にせきたてられたのは、あとにも先にもあのときだけだ。あの音楽がわたしを、うっとりさせた。なんとも甘い誘《さそ》い。いっしょにおどろう。永遠にそばにいるんだ。おれのものになれ。受けいれろ。ネズミとして生きるんだ。悪くないだろう？

「わたしは……」

わたしの名前、なんだったっけ？

「ペネロピー！　ゴーヴァンの娘！　エバの娘！　ソフィーの……」

ソフィーの何？　わたし、ソフィーの何だっけ？

「妹！　妹よ！　ほんとうのわたしに……」

だめ。思いだせない。もうどうでもいい。足が勝手《かって》に動く。まるで背中を強い風におされているみたい。弟ネズミ、妹ネズミ、ネズミの家族のもとへ。わたしの運命《うんめい》。ついに運命のときがきた。

「ほんとうのわたしに……」

すると、いつのまにかネズミたちのなかにいた。体毛が触《ふ》れあう。ひげとひげが重なる。仲間《なかま》にいれて。前からいれてほしかったの。わたしの前には、音楽ときらめきだけ。この夢とお別れしよう。そしてめざめの世界へもどって、新しい生活を楽しもう。

「もどるための言葉は……」

だめ！

「言葉は……」

意思《いし》と意思のぶつかりあい、ネズミの自分と人間の自分との戦いだった。

「以下のとおり」

言葉がうかんできた。おぼれている人が、なんとか息を吸おうと水面にうかびあがってくるみたいに。その言葉を、ネズミの舌から吐《は》きだす。その言葉が、わたしのひげの上を、くちびるの上をすべっていく。次の瞬間《しゅんかん》、わたしはふたたび二本足で立っていた。ぶるぶるとふるえながら。最終組のネズミたちがわたしの両足のあいだをとおりぬけていく。サンダルの上を走り、人間のわたしの横をすりぬけ、ちらちら光り、夢の世界から消えていった。さいごの一匹《ぴき》がドアをとおりぬけた。すると音楽がやみ、その場は静寂《せいじゃく》につつまれた。すると、しわがれた、腹をすかせているような笑い声がした。

しわがれた、腹をすかせているような笑い声。それにすさまじいにおい。この世のものとは思えないような悪臭《あくしゅう》だ。邪悪《じゃあく》な死のにおい。人間にはひどいにおいでも、死肉を食らう生き物にとってはかぐわしい香水だ。ハゲワシ、コンドル、ネズミ、そしてハーピー。

「ごちそうはどこだい？　クックックッ」

わたしは、吹きぬけのまるい大きな天井《てんじょう》をみあげた。みにくい老婆《ろうば》の顔。鳥の体。長くするどいかぎ爪《づめ》。高い梁《はり》の上にとまって、まゆを寄せてこちらをみおろしている。

「おかしなでしゃばり娘がいるよ。クックックッ」

けがれた体の奥深くから吐《は》きだされる言葉《ことば》が、ひと言ひと言、風にのって運ばれてきた。

「こりゃあたまげたねえ、おちびさん。こりゃたまげた。ついさっきまでネズミがうようよしてたと思ったら、こんどはかわいい女の子。クックックッ」

なんてくさい息。

「ずっと国境《こっきょう》を守ってきたけど、こんな子は見たことない。どうしてここにいるんだ？　いや、答えなくともいいよ。おもしろい話にはちがいないけど、長くなりそうだからね。あたしゃ、腹がへってる。ぺこぺこだ。ここじゃ、なかなかまともな食事にありつけないからね。せいぜいパンくずか、チーズのかけら。たまに病気で死んだネズミがころがってるけどね。かわいい女の子の生肉《なまにく》なんて、ほんとに久しぶりだ。クックックッ」

耳ざわりな笑い声が、悪臭とともにはこばれてきた。

「どうやらあんたも国境を越えたかったようだね。だが、見てのとおり、とびらはしまってる。たぶん永遠《えいえん》に。もちろんだれかからきいたわけじゃない。ただのうわさだ。それに笛吹きはもうここへはもどらないよ。それがどういうことかわかるかい？　みじめで、年よりのハーピーにとって？　失業したってことじゃないか。なんてあわれなんだ。ほうびの金時計もなけりゃ、送別会《そうべつかい》も、退職金《たいしょくきん》も、功績《こうせき》をたたえる万歳三唱《ばんざいさんしょう》もなしだなんて、あんまりじゃないか。そうやってふさぎこんでたら、ぽっとおまえがあらわれたんだ。クックックッ」

ハーピーが羽を広げると、くさったパンくずがふってきた。ハーピーは翼《つばさ》をゆっくりはばたかせて梁からとびたった。まるい天井のてっぺんまでゆっくり舞いあがり、そこで一、二周、回った。ずっとニヤニヤしながら、わたしを見おろしている。

「クックックッ。動くんじゃないよ。もっとよく見えるようにそっちにおりていくから」

ハーピーはかぎ爪を一本ずつむきだしにして、わたしのほうにむけた。翼をたたむ。ところが、わたしをたいらげるためにおりてこようとしたとき、いさましいなき声がその場の空気を引きさいた。耳をつんざくような、けたたましい声。

「イーーアーーイーー！」

その声はハーピーをおしとどめた。

「いったい、なんのさわぎだ？」

「イーーアーーイーー！」

音が空気を引きさく。ハーピーがふりかえった。その視線を目で追うと、戦う気まんまんのさけび声の主《ぬし》がいた。

「ベル！」

「ちくしょうめ！　いいところだったのに」ハーピーが金切り声をあげた。

「イーーアーーイーー！　その子をはなしなさい、この性悪《しょうわる》な鬼《おに》ばば！」

「ベル！　どうしてここへ……」

「ペネロピー、さがってなさい！」ベルはうたった。

ベルは全身に、怒《いか》りと決意をみなぎらせていた。ぐるぐる回りながらつっこんでくる。まるで怒りの火花をちらしてまわる回転花火のようだ。敵を見すえて、まっすぐとんでくる。そしてハーピーのおぞましいおなかの下へ回りこみ、パンチをくらわせると、こんどは上からおそいかかり、頭にチョップをあびせた。

「これでもくらえ、この汚《きたな》いやっかい者！」

ハーピーが、不快きわまるののしりを連発した。

「言葉《ことば》に気をつけなさい、このむかつく死肉あさり！　ここにはレディーしかいないのよ」

ベルはふたたびハーピーの胸のあたりに一撃《いちげき》を加えた。ハーピーはよろめいて壁にぶつかった。

「イパイパヤパオダレイディオーー！」ベルは勝ちほこったようにヨーデルをうたった。ハーピーはぐらぐらしはじめた。それでもベルは手をゆるめない。あっという間にハーピーの上にのり、翼でたたいたり、ウサギのように長くて強い足でけったりした。わたしはその光景を見て、おそれいっていた。だってわたしといるときのベルは、この上なくやさしかったから。

「トロラヴィアンよ永久《とわ》に!」ベルは賛歌《さんか》をうたいながら、足と翼を両方つかってますますはげしく攻撃した。

ところがハーピーは、ぼろぼろにはなっていたけど、打ちのめされてはいなかった。黒いどろっとしたつばを吐きだして、ベルの目に命中《めいちゅう》させた。ベルが、ううっと声をあげた。痛みより、むしろ嫌悪感《けんおかん》から。ほんの一瞬《いっしゅん》、ベルがすきを見せた。それこそハーピーのねらいだった。ベルの背中にとびのり、足首にかみつく。ベルはうめいて、強い皮の翼で猛打《もうだ》の雨をふらせた。ハーピーの羽があちこちにちらばる。それでもハーピーは、ベルをはなそうとはしなかった。足を使って、長くてするどいかぎ爪でベルの翼を引っかきはじめる。ベルはのたうちまわってハーピーからのがれようとした。ハーピーがさらに力をこめる。二回、三回、四回と引っかく。そのたびに、かぎ爪が翼を引きさく音と、だんだん苦しそうになるベルのうめき声がひびきわたった。

ああ、どうしよう。空中戦の流れが変わった。わたしにはベルを助ける力はない。ベルが苦しむのをだまって見ているしかない。ハーピーはベルの上にのって、ところかまわずかみちぎった。そしてとうとうベルの首をとらえ、はげしくゆさぶって床にたたきつけた。

「ベル!」

「ペネロピー、ごめんね……」ベルはうたった。

「ダメよ、ベル! 動かないで。すぐに……」

でもハーピーが、すぐ横に来ていた。

「ついてるねえ! メイン料理にデザートまで。女兵士さんから先にいただくとしよう!」

ハーピーはうしろ足で立ち、うなった。

「やめて！」わたしは悲鳴《ひめい》をあげた。そして、ハーピーとたおれた友人のあいだに身を投げだした。ほっぺたにかぎ爪の感触《かんしょく》が走り、やがて生あたたかい血が流れるのを感じた。

「ペネロピー！」ベルはあえいで起きあがろうとした。

「女の子の血だ！　なんていいにおいだろうねえ！　クックックッ！　まちきれないよ……」

それがハーピーの最後の言葉だった。ハーピーが最後にきいたのは、長く深い遠吠《とおぼ》え。最後に見たのは、さっと横ぎる黒いもの。そして、ハーピーはわたしの足元に落ちた。のどに、三本足のユリシーズがかみついていた。

なにもかも、ゆっくり、かすんで見えた。空気が濃《こ》くなったような、かすみにつつまれているような感じがした。わたしはベルの横にひざまずいていた。クェンティンとスカリーが息を切らしながらやってきたことにも気づかずに。

「ああ、ペネロピー。がっかりよね。負けちゃうなんて」

「そんなことないよ、ベル。すごく勇敢《ゆうかん》だった！」

「長官は……」

「長官は、きっと誇《ほこ》りに思ってくれるよ。ぜったいほめてくれるよ。大佐《たいさ》に昇進《しょうしん》して、ファーガスとバーガスはものすごくくやしがるよ。勲章《くんしょう》だってもらえる。パレードもあるよ」

「やめて、ペネロピー。勲章も、パレードもないわ。わたしはもうだめ。じきに死ぬわ」

「ベル！　ばかなこといわないで」

緑色のねばねばした液体《えきたい》が、わたしのひざのまわりにたまっていた。トロラヴィアンの血だ。

「あなたの顔のその傷《きず》……」

「どうってことないよ、ベル」

「こっちに顔を近づけて」

わたしはかがんだ。悲しみにくもるトロラヴィアンの目をのぞきこむ。

「もっと近く」

いわれたとおりにした。ベルは残されたわずかな力をふりしぼって頭を起こすと、わたしのほっぺたの深いさけ目にキスをした。熱いものが走り、さけていた皮膚《ひふ》がくっついた。傷口がとじ、血が止まる。

「ちょっとしたトロラヴィアンの手品よ。さよなら、ペネロピー」

ベルの体を作っているあらゆるものが振動《しんどう》をはじめ、ざわつきはじめた。わたしたちは、ベルの体がぶるぶるゆれ、やがて光へと変わっていくようすを、悲しいおどろきにつつまれて見まもった。一瞬《いっしゅん》、ベルだったもののすべてが光をはなち、部屋《へや》がぱっとかがやいた。そして、ベルは消えた。あとに歌声を残して。高らかで、悲しげで、歌詞《かし》のないベルの歌声が空中にただよっていた。わたしたちはだまって立っていた。そしてその歌声をじっときいていた。歌がおわり、やがて何もきこえなくなった。

43　とむらい

ペネロピー、ディープ・ドリーミングはめずらしい才能《さいのう》だ。その才能はわたしにいろいろな跡《あと》を残した。この才能を受けとって、幸運だっただろうか？　わからない。もしもこの世のあらゆる才能がずらっとならんでいたら、わたしはディープ・ドリーミングをえらぶだろうか？　どうだろう。なにしろ、ディープ・ドリーミングにはいいところなんてほとんどない。たとえば、うたったりおどったりする才能とちがって、ほかの人といっしょに楽しむこともできない。人に説明して理解《りかい》してもらうのも、かんたんじゃない。本人ですらよくわからないんだから。大工《だいく》仕事やガーデニングの才能とはちがって、苦労するわりには成果《せいか》もぱっとしない。しかも、いつまでももちつづけられるわけでもない。

ディープ・ドリーミングは若いときならではの才能で、体力、知力、気力を必要とする。集中力も。体を酷使《こくし》する。元気がなくなっても使えるけれど、かなりの危険《きけん》をともなう。体全体がだめになるおそれと、つねにとなりあわせだ。心臓《しんぞう》が止まり、体が動かなくなる。そうなると分裂《ぶんれつ》が起きる。ディープ・ドリーマーは体から切りはなされ、帰るところがなくなって、幽霊《ゆうれい》のようにふらふらとさまよいつづけることになる。

だからこそカスパートは、ハーメルンの子どもたちをさがす旅に同行しなかった。兄の笛吹きが危険な存在《そんざい》になったのもそのせいだ。カスパートが語ったように、笛吹きは時《とき》の目をあざむくほど遠くへだたった場所にかくされていた。だから年をとらなかった。笛吹きの若い肉体はディープ・ドリーマーをささえ、ディープ・ドリーマーは力と怒《いか》りを強めていった。めざめたらたいへんなことになる。

けっきょく、運があろうがなかろうが、どんな選択《せんたく》をしようが、変わりはないようだ。わたしは、良きにつけ悪しきにつけ、ディープ・ドリーミングという才能をあたえられた。それがなければ、わたしはわたしじゃない。そして、望むと望まざるとにかかわらず、この世には見かけだけではわからないことがたくさんあると思いしらされた。いろいろなふしぎ、いろいろな悪、いろいろな勇気、そしていろいろな悲しみ。

悲しみ。わたしはベルが死んではじめて、それがどんなものなのか知った。さいごの歌声がきこえなくなると、ベルはあとかたもなく消えさってしまった。ベルがそこにいた証《あかし》は、心の痛みと、いまわしいハーピーの死骸《しがい》だけ。

ユリシーズは息の根をとめたえじきのわきで体を横たえ、はあはあいっている。クェンティンはさっきまでベルがいた場所に立ちつくし、なきながら何度もベルの名をつぶやいた。

「トロラヴィアンをこんなに好きになるなんて、思ってもみなかったよ。てっきりモンスターだと思ってたから……」クェンティンは涙《なみだ》をこらえながらいった。

スカリーが足に体をすりつけてきた。わたしはスカリーをもちあげて抱きしめた。ぬくぬくした猫の体を胸《むね》におしつけると、何よりなぐさめられた。

「グース、おまえが人間の姿《すがた》で無事《ぶじ》もどってくれてうれしいよ。檻《おり》を出ていったときには、ひげとしっぽをぴくぴくさせてたから」

「スカリー、また会えてよかった。どうやって檻から脱出《だっしゅつ》したの？」

「クェンティンのおかげだよ。きっとおまえも、クェンティンを誇《ほこ》りに思うんじゃないかな」

クェンティンは鼻声でいった。「ベルのアイデアなんだ。ぼくじゃ、そんなこと思いつきもしないよ」

「どうしたの？」

「きみが行ってしまうと、ベルは心配のあまり気が変になっちゃったんだ。きみのあとを追おうとして、檻のさくを引っぱった。でもさくはびくともしない。それでついに……」

クェンティンはここまで話すと、またおんおんなきだした。つづきはスカリーが引きうけた。

「ベルが、いったんだ。『クェンティン、ドラゴンの念力《ねんりき》で木の枝が動かせたんだから、鉄のさくだって動かせるはずよ』」

クェンティンは必死で涙をこらえて、つづけた。「ぼくはむりだっていったんだ。ドラゴンの念力は木にしかききめがないから、って。ぼくたちの得意《とくい》分野《ぶんや》は植物で、鉱物《こうぶつ》じゃないからね。でもベルは……」

クェンティンは肩《かた》をふるわせて、ふたたびスカリーに助けをもとめた。

「ベルはいった。『それなら、あなたが最初のドラゴンになればいいでしょ。ぜったいだいじょうぶ！』」

「できないって、ぼくはいった。やり方を知らないって。でもベルがあんまりしつこくいうもんだから、さくの前に立った……それで……自分でも何がなんだかわからないんだ」

スカリーがつづけた。「とにかく、念力はきいた。さくがうなりながらふるえだして、そのうちぐにゃぐにゃになった。あたためたバターみたいにね。ベルは大よろこびでとんでいった。ユリシーズが急いであとを追った。あいつを犬にしとくのはもったいない。いい猫になれるのに」

「ぼくとスカリーも走ってあとを追った。でもついたときにはもう……」

クェンティンは、ものすごい勢いでなきだした。ユリシーズが顔をあげ、大きな声で悲しそうにほえた。ペネロピー、わたしは百一歳だ。長く生きる者のつねとして、たくさんの死を見てきた。悲しい死なら、何度も経験《けいけん》している。だけど、あれほど悲痛《ひつう》な思いを味わったことはない。あのとき、あの場所で、勇敢《ゆうかん》な友が息をひきとって消えた場所に立ってたときほど。知りあってまもなかったけれど、わたしはベルが大好きになっていた。美しい歌声。しとやかさ。力強くてけっしてめげない。ベルがいなかったら、とてもここまで来られなかった。この先わたしたちは、どうすればいいんだろう？　わたしはスカリーを強く抱きしめた。そうすれば答えをしぼりだせるような気がした。

「なあグース。家に帰ったら、まっさきに風呂にはいったほうがいい。かなりネズミくさいぞ」スカリーはいって、足のうらをわたしのほっぺたに押しあてた。「跡《あと》が残るな。やつをわすれることはないだろうね」スカリーはそういいながら、ハーピーのほうをむいてうなずいた。生きているときも死んだあとも、ハーピーからいいにおいがすることはなかった。

わたしは、耳からあごにかけてきざまれた長いみみずばれを、手でなぞってみた。ふいに目でたしかめたくなる。

「クェンティン、手鏡《てかがみ》をもってたわよね？」

クェンティンはうなずいた。

「かしてくれる？」

クェンティンはおなかの袋《ふくろ》のなかから、小さな金のケースを出して手わたした。わたしはケースをひらいて、鏡をのぞきこんだ。もじゃもじゃの髪《かみ》。なきはらした目。低い鼻に、うすすぎるくちびる。そしてできたての傷。くっきりと、おそろしく、内出血《ないしゅっけつ》して紫《むらさき》色に変わっていた。

「グース。もういいだろう」スカリーがやさしくいった。

わたしは鏡から目がはなせなかった。涙があふれてきて、鏡がぼやける。まばたきして涙をこらえた。それでも鏡はくもったままだった。もう一度まばたきする。すると、はっきりと見えてきた。

「カスバート！」

「わしの勇敢《ゆうかん》なペネロピー」

「ああ、カスバート！　すごくいろんなことがあったの。ベルが死んで、笛吹きはいなくなっちゃった。アロウェイはネズミに変えられたわ。ほかの子どもたちもそうよ。それからソフィーは……」

「いいか、ペネロピー。あまり長いあいだ話していられない。わしはもうすぐ力つきてしまう。残された時間はあとわずかだ。きみはそんなに遠いところまで行き、いろんなことにたえてきた。だから、いまくじけちゃいけない。ありったけの力と自信をふるいおこすのだ。自分を信じなさい。きみのしたことはディープ・ドリーミングという深遠《しんえん》な才能をもつ者にしかできないことだ。そしていまこそ、その力の真価《しんか》をためすときがきている。さあ、めざめの世界へと旅だつのだ」

「でも、どうやって？　どうしたらいいか、わかんない……」

「知ってるさ、ペネロピー。息をするのと同じぐらい自然なはずだ」

「でもクェンティンは？　クェンティンは夢の世界に住んでるの。ここにおきざりなんてできない」

「きみさえその気になれば、クェンティンもいっしょに来られる。カーテンをおさえてやるだけでいい。だが急がねばならない」

「どこへ？」

「グース！　見ろ！　ドアが！」

鏡から目をそらすと、さっき笛吹きがとおりぬけたドアがふにゃっとしていた。木だったものが、ちらちらしている。

「急げ！」カスバートはいった。鏡にうつるカスバートの姿がぼんやりしてきて、ふたたびわたしの顔があらわれた。

先頭に立ったのはユリシーズだった。三本足で立ちあがり、二回ほえた。そして、ついさっきまで厚い板とずっしりした蝶番《ちょうつがい》でできていたものからとびだしていった。

わたしは呼んだ。「はやく！　みんなで行くのよ。クェンティン、次はあなたの番」

クェンティンはふるえだした。いまにも気を失ってしまいそうだ。

「はやく！」わたしはどなった。でもクェンティンは氷ついたように、じっと前を見ている。

「ああ、もうじれったい！」そういって、スカリーはぴょんとドラゴンの肩にとびのり、爪《つめ》を立てた。

「いてて っ！」

スカリーは命令した。「ほら！　とっとと行けよ！」

スカリーを背中《せなか》にはりつかせたまま、クェンティンはジャンプした。わたしもすぐにつづいた。頭からとびこみ、夢の世界をあとにした。

第6部　めざめ

44　森のなかへ

先週、市場《いちば》で悪ガキのメロンを見た。両親といっしょだった。なかなか悪くなさそうな人たちだ。近所の人と仲よくやっていきそうだし、いっしょにせけん話でもできそうだ。どこにでもいる、もの静かな人たち。ふたりがじゃがいもの値段に気をとられてこちらに背をむけたすきに、メロンはわたしにむかって舌を出し、下品なしぐさをしてみせた。

いったい、メロンの残酷《ざんこく》さはどこから来ているのだろう？　両親にはそんなところはみじんも見えない。ほかで身につけたのだろうか。もともとそういうふうに生まれついたんだろうか？　もしメロンが芯《しん》までくさっているのなら、消えてくれたほうが世のためじゃないか？　残りの人生をネズミとして生きるなんてのはどうだろう？

メロンのやることがとうてい理解《りかい》できないのと同じように、なぜ笛吹きの心に悪が根をおろしてしまったのかもわからない。笛吹き。ディープ・ドリーミングについて笛吹きと感想《かんそう》をいいあう機会《きかい》がなかったのはちょっと残念《ざんねん》だ。なんたって、わたしや笛吹きのような人間はそういない。ふたつにわかれ、半分が深い眠りについているあいだ、もう半分はどこかをさまよっているなんて人は。笛吹きとわたしなら、きっとおもしろい会話ができただろう。でもそうはならなかった。じっさいに会ってみると、笛吹きはおしゃべりをのんびりと楽しむ気分じゃなかった。もちろん、わたしも同じだった。

みんなのあとからわたしも、その消えかかったドアからめざめの世界へととびこんだ。前に二度経験《けいけん》したように、こんども落っこちた。下にあるのは、笛吹きの要塞《ようさい》を取りかこむ風の強い海じゃなかった。どんどん、どんどん落ちていく。下は森で、背の高い緑の木々がどこまでも広がっていた。この高さから見おろすと、森のりんかくがどんな形をしているかわかった。上品な首のカーブ。ゆるやかな胸《むね》のライン。この森は、ハープの形にそっくりだ。

「あれが、カスバートが魔法《まほう》をかけた森ね」そう思った瞬間《しゅんかん》、わたしは地面に落ち、草の丘をころころころがりおちた。ふもとにたどりつくころには、目がまわり、息が切れていた。じっと横たわったまま自分が落ちていた空を見あげた。雲がときにははやく、ときにゆっくりと流れていく。手足がちゃんと動くかどうか、一本ずつたしかめてみる。遠くから、悲しそうなツグミの歌声がきこえてくる。わたしは、ほっとした。少なくともまだ、耳がきこえる。視界《しかい》に顔があらわれた。ひとつ、ふたつ、そしてみっつ。仲間《なかま》たちの顔。

「グース、みごとだ。宙《ちゅう》がえりとびよりじょうずだったよ」スカリーがいった。

「なんともない？」クェンティンがきいて、心配そうにわたしの目をのぞきこむ。ユリシーズがわたしの顔をなめまわす。

「肝《きも》がすわった犬だってことは、おれも否定しない。だが、なんでそうまでベロベロなめる？」スカリーがばかにしていった。「犬ってのはなんで自分の舌も満足に使えないんだろう？　どうしても理解できない」スカリーは、まるでお手本でも示すみたいに自分の前足をそっとなめた。

「ここ、どこ？」クェンティンが現実的になってたずねた。

胸の上からスカリーをおろして起きあがると、わたしはあたりを観察《かんさつ》した。森のはずれだ。たぶん落ちているときに見たのと同じ森。

わたしは答えた。「目的地に到着《とうちゃく》ね。とにかく、そうだといいけど」

「なんかきこえない?」スカリーがきいた。

わたしは耳をすました。

「うん、きこえる」クェンティンがいった。

わたしにもきこえた。遠くから、ききおぼえのある心さわがす調べがきこえてくる。笛吹きの要塞で、そしてイレブニング・イブに見た夢のなかで、きいたのと同じメロディー。でもこんどは笛ではなくハープの音色だった。しかもふつうのハープじゃない。すぐにぴんときた。母親が自分の赤ん坊の泣き声をききわけるように。八本の弦《げん》。流木《りゅうぼく》のフレーム。わたしがアロウェイのために作ったハープ。弦をはじいているのは、まぎれもなくアロウェイの指だ。

ユリシーズも気づいたらしい。いきなりほえだして、道はないかと、やたらめったら森のなかを走りまわっている。でもどこにも道はなかった。

「こんなにびっしり木が生えているのは見たことがない。まるで厚い壁だ」スカリーがいった。

「これじゃ、とおりぬけられないよ」クェンティンがいった。

「でも、とおりぬけなきゃ。クェンティン、いい? 木の枝にはまりこんだベルを助けたときのこと、おぼえてる? 檻《おり》のさくを曲げたときは?」

「もちろん、おぼえてるよ」

「今回もそれと同じようにやって」

「森ごと?」

クェンティンは半信半疑《はんしんはんぎ》で、立ちはだかる木の壁を見つめた。

「それしか方法はないのよ、クェンティン」

クェンティンは一歩うしろにさがった。そしてものすごく真剣《しんけん》に考えごとをしている人みたいな表情で、足を踏《ふ》みこむすきもない森にしっかりと視線《しせん》を合わせた。わたしたちはそのようすを、息をのんで見まもった。何も起こらない。森はびくともしなかった。

「だめだ。ぼくにはむりだよ」

「がんばって、クェンティン。わたしたちのために、ベルのために」

クェンティンはそっぽをむくと、こみあげてきた涙をぬぐった。鼻をすすっている。やがて頭をぷるぷるっとふって悲しみをふりはらい、背筋《せすじ》をしゃんとした。きっぱりとした表情で立っている。「ベルのために」クェンティンはくり返した。

もう一度、クェンティンは森のほうをむいた。そしてまた意識《いしき》を集中させた。たちまち、いちばん近くに生えていた木の幹《みき》がゆれて、曲がりだした。一本、そしてまた一本と、どんどん曲がっていく。むかいあった幹が根からてっぺんにむかって曲がっているようすは、アーチェリーの弓《ゆみ》を並べて作った長い列みたいだった。さっきまで厚い壁だったところに、緑の葉の長いトンネルがあらわれた。

「すごいわ、クェンティン、やったわね!」わたしは拍手した。

「すばらしい仕事ぶりだ」スカリーもみとめた。

でも、いつまでもほめたりよろこんだりしてられない。道がひらけた。息をはずませているユリシーズを先頭に、わたしたちは急いで歩きだした。暗く息づく森の心臓部《しんぞうぶ》にむかって。

45　幸運の蹄鉄《ていてつ》

ペネロピー、もうじきおまえはお父さんといっしょにここへ来る。そしたらアロウェイという名前のハープがおまえの手にわたる。この書き物とともに。この書き物を見て、どう思うだろう？　楽しんでくれるだろうか？　それとも、気のふれたおばあさんが書いたとりとめのない話だと思うだろうか？　ここに書かれたことを、自分ひとりの胸《むね》のなかにしまっておく？　それとも、ほかの人に話してきかせるのかい？　もちろん、どうするかはおまえにまかせる。でもどっちかというと、いつかこれをせけんに公表《こうひょう》してくれたらと思う。うぬぼれかもしれないけれど、この物語は話してきかせる価値《かち》があると思うから。だれだって、寒い冬の晩にパチパチ燃える暖炉《だんろ》のそばで、こんな話をききたいものじゃないだろうか。小さい子なら、がまんできずにたずねるかもしれない。

〈森をとおりぬけられたの？〉

〈笛吹きは見つかったの？〉

〈みんな、ちゃんと家にもどれた？〉

どれも、いい質問だ。その質問の答えをちょうど書きおわるころ、おまえとミカの最後の訪問を受けるだろう。

わたしたちは光に背をむけ、うす暗い森へと足を踏《ふ》みいれた。ユリシーズは若くないし、足も三本しかない。それでも、ユリシーズのペースについていくのはたいへんだった。森の地面をおおう木の根やこけのじゅうたんの上を、ユリシーズはさっそうとかけていく。スカリーとクェンティンとわたしは息を切らしながら、ようやくユリシーズに追いついた。その先は空き地だった。わたしたちはハアハアいいながらぎっしり茂《しげ》った木のうしろにかくれ、ぞっとするような光景をながめた。

空き地のまんなかには、巨大な毛玉のような、からみあうつたや木のつるのかたまりがあり、その上にいじわるそうなネズミが立って見はっていた。いつもどおり緑と黄の服をきた笛吹きが、細長い脚《あし》で行ったり来たりしながら、ときどき立ちどまっては吐《は》きすてるように命令を発していた。

「もっと急げ！」

「ぐずぐずするな！」

目の前にいるのは、ハーメルンの子どもたちだった。ナンにエルフレーダ。ブリギットにニューリン。ペトラ、オスマナ、ニノ、レイン。斧《おの》をもっている子も、くわを手にしている子もいた。先がとがっているただの石をもたされている子もいた。みんな何かにとりつかれたようなうつろな表情で、ぎっしりからんだつるを刈《か》りとっている。

「とっととやれ、このガキどもが。急げ！　急げ！」

ウルフリートにリヒァルト。キアにラーデグン。ブリギット、マウラ、キャニス、ヨーアン。ハーメルンの子どもたちがほとんど全員、いた。体や顔は人間にもどっていたけど、やかましいネズミだったころと同じく、ほんとうの自分とはほど遠かった。

クェンティンがいった。「ほら、ソフィーだよ。あっ、かわいそうに、アロウェイもいる」

ふたりは、ほかの子たちからはなれて立っていた。それを見て、わたしの胸はつぶれそうになった。

アロウェイはわたしが作った小さなハープをかかえ、笛吹きが人をあやつる魔法《まほう》の調べをつまびいていた。ぜんまい仕掛《じか》けのおもちゃのようにぎくしゃくしてる。ソフィーは体を左右にそっとゆらしながら、同じメロディーを口ずさんでいた。

「何をしているんだろう?」クェンティンがささやいた。

「笛吹きを自由の身にしようとしているんだ」スカリーは答えた。たぶんそのとおり。からみあうつるの下に、長いあいだとざされていた家がある。家のなかで、一台のハープがいまにも消えいりそうな音楽をかなでている。ハープのかたわらには、男が眠っている。いまのところは……でもそれも時間の問題だ。

「さてとグース、どうする?」

かんたんに答えられる、かんたんな質問。笛吹きのたくらみをやめさせ、子どもたちを自由にする。でも、どうやってって話になると、かんたんにはいかなかった。

「わからないわ。とにかく、まず家のなかへはいらないと」

「でもグース、どうやって?」

それはわたしも考え中だ。

ちょっとはなれた場所で、ユリシーズがほこりを舞《ま》いあげながら死にものぐるいで何やらやっていた。土や腐《くさ》った葉を、一本の前足でけんめいにかきわけている。地面に前足があたると、くーんとないた。

「こんなときにも骨に気をとられるなんて、まったく犬ってやつは」スカリーがうんざりしたようにいった。

「しーっ! ユリシーズ」わたしは小声でいい、ユリシーズが何をしているのかたしかめにいった。

ユリシーズのなき声に、見はりのネズミが気づくんじゃないかとひやひやしながら。

ユリシーズはしきりにしっぽをふりながら、ほったあたりをぐるぐる回っている。たまに立ちどまっては、地面にあるものを口で引っぱった。

「何か見つけたの?」わたしは手をのばし、ユリシーズがくわえているものを手に取った。それは馬のひづめに打ちつける蹄鉄《ていてつ》のように見えたけど、何かにくっついてるらしい。

「スカリー、クェンティン、こっちに来て」

わたしは手をついてかがみこむと、残りの土を手ではらった。そこにあったのはドアだった。よく地下貯蔵庫《ちかちょぞうこ》の入り口についているようなドアで、蹄鉄とかんちがいしたのは取っ手だった。わたしはしっかりつかんで引っぱった。でもドアはびくともしない。

「ぼくも手つだう」クェンティンがいっしょに取っ手をつかんだ。「三つかぞえたら引っぱるよ。一、二」

三! 力ずくで引っぱる。すると、わずかにドアが動いた。

「一、二、三!」

こんどはぎーっときしりながら、ドアがあいた。ムカデがたくさんいたけど、びっくりしてあわてて逃げていった。

おどろいたことに、ドアのむこうはトンネルだった。長いあいだ封印《ふういん》されていたいり口から、かびくさいにおいが立ちのぼる。けれども奥のほうからは、心おどる音がきこえてきた。長く尾を引く、よくひびく単音。

「グース、ハープの音かな?」

「そうみたいね」

もうひとつ、地上からきこえる音がある。うん、やっぱりそう。ハープだ。しかも、アロウェイがひいているハープじゃない。ものすごくゆっくりとした音。いまにも消えそうな音が、地下の通路にこだましている。入り口を見つけたんだ。

スカリーはすぐに行動にかかった。「急ごう、グース」そういうとトンネルにはいろうとする。

「大急ぎだね」クェンティンもうなずいた。

わたしは首を横にふった。とろとろしたハープの音をきいているうちに、ひらめいた。

わたしはきっぱりといった。「ううん、わたしがひとりで行く」

「でも、グース……」

「いいの、スカリー。よくきいて」

わたしは作戦を手短かに説明した。

「了解《りょうかい》した」スカリーがいった。

「クェンティンは？」

「うん」

「急げ！　とっととやれ！　さぼるな！」

笛吹きは、さらにはげしく、さらにきびしくどなりながら、行ったり来たりしている。わたしたちは、笛吹きが、見えないところまで行ってしまうのをまった。

「いまよ、クェンティン！」

「成功をいのっててよ」クェンティンはそういうと、おなかの袋《ふくろ》に手をいれて、なわとびのロープを引っぱりだした。

「がんばって、クェンティン」
「きみもね」
なわを手にとったクェンティンは空き地にはいっていくと、楽しそうにとびまわった。

ジャンプ！　ぼくはドラゴン
ジャンプ！　ひと目でわかる
ジャンプ！　ぼくはドラゴン
つかまえられるもんならやってみな！

子どもたちはぼんやりした目でつる草を刈りつづけている。でも、見はりネズミたちはあっけにとられていた。

ジャンプ！　ぼくはクェンティン
ジャンプ！　無敵《むてき》のドラゴン
ジャンプ！　さあ挑戦《ちょうせん》だ
大胆不敵《だいたんふてき》の宙《ちゅう》がえりとび

宙がえりとび。クェンティンはやる気まんまんだった。ネズミたちがぽかんとみつめるなか、夢の世界のドラゴンがめざめの世界の空へと舞いあがる。それと同時に、攻撃《こうげき》開始。左右からおそいかかったスカリーとユリシーズが、ネズミの兵隊《へいたい》たちをこてんぱんにやっつけた。わたしの耳はもうじききこえなくなるとわかってたけど、いっそのこといますぐそうなってほしいと思うほど、ものすごい歯ぎしりとほえ声がひびきわたった。ひげやしっぽが、右へ左へととぶ。わたしは戦いに背をむけ、トンネルにはいっていった。

46 笛吹きの部屋

いまは真夜中を少しまわったところだ。古時計が十二回、なりひびいた。ペネロピー、わたしにその音はきこえない。でも、感じるんだ。鐘《かね》の音が空気をふるわせ、ゆったりとわたしの上をとおりすぎる。まるで波が海で泳ぐ人を洗うように。わたしのなかも、とおりぬける。光がプリズムをとおってかがやくように。鐘の音をきいていたら、おまえが取りにくる前に、アロウェイにさいごの調律《ちょうりつ》をしなくちゃいけないことを思いだした。弦《げん》を一本ずつはじいて音をひびかせる。すべての音を指で、ひざで、太もで感じて、ピッチが高いか低いかを判断《はんだん》する。

このやり方でじゅうぶん満足《まんぞく》している。腹が立つことはたくさんある。耳がきこえないわたしをばかにするメロンたちにも、耳がきこえないから劣っているとみなしてあわれむ人たちにも。そんなふうに思われるのは心外《しんがい》だ。私は、体全体で音楽をきけるようになったのだから。このやり方を最初におぼえたのは、笛吹きの家のなかだ。

暗くて風とおしの悪いトンネルに、わたしははいっていった。トンネルは一度しか使わないつもりで作られたらしい。前へ進んでいくにつれ、うしろで土砂《どしゃ》がくずれおちていったから。前はひらけてるけど、うしろの道は永久《えいきゅう》にふさがれてしまった。

天井《てんじょう》はちょうど頭がつかえないくらいだったので、前かがみにならずに走れた。指先で壁をなぞりながら走りつづけると、突然《とつぜん》行きどまりになった。お日さまの下に出たモグラみたいに、ひんやりした平らな壁のあちこちを手さぐりしてみる。小石やら土やらがバラバラふってくる。ついに手が掛け金と取っ手に触《ふ》れた。ドアが大きくひらく。笛吹きの家のしきいをまたいだとたん、またあのハープの音が運ばれてきてわたしをつつんだ。不吉《ふきつ》な歓迎《かんげい》だ。窓の外がつるでおおわれているせいで、部屋《へや》はトンネルよりわずかに明るいだけだった。息をきらしながら、わたしは、いまはいったばかりのドアのほうをむいた。ところがどんなに手さぐりしても、掛け金はない。つぎ目もない。ドアはあとかたもなく消えさっていた。

だんだん、目が暗がりになれてきた。そこはまるい形をした入り口で左右に階段があった。前方には長い廊下《ろうか》がのびている。どっちへ行けばいいの?

またハープの音だ。ふるえている。やさしくなでるような音。長く低い振動《しんどう》は、わたしの耳にとどく前に心にふれる。もう一度その音楽をきく。こんどは全身で。たしかにきこえる。豊かでゆったりとした音が、遠くからきこえてくる。わたしは急いで部屋や広間をぬけ、かんぬきのかかったドアはすどおりし、階段をのぼってみた。耳をすます。左に行く。ドアだ。耳をすます。あ、きこえる。ドアをひらく。ああ、ついた。

部屋はがらんとしていた。引き出しのついたたんすがあって、その上に、ほこりをかぶったぶ厚い本が数冊つんである。細長い鏡《かがみ》のついた背の高いたんすもあった。せまいベッドが二台ならんでいる。どちらもクモの巣がかかってる。片方は、だれも寝ていない。毛布《もうふ》がくしゃくしゃのままおいてある。もう片方のベッドに、笛吹きが眠っていた。腕《うで》を胸《むね》の上で組み、片ほうの手にアシの葉の笛をつかんでいる。たぶん、はじめて作った魔法《まほう》の笛。ずっとむかし、まだ笛吹きがめざめの世界だけで生きていたころに作られた笛。外に子どもたちをこきつかっている笛吹きがいるのに、ここにもいるなんて、気味《きみ》が悪い。ふいに、もうひとりのわたしがハーメルンの自分のベッドで横たわっている姿が目にうかんだ。

わたしたちはまた、ひとつになれるんだろうか。

あたたかく、ゆったりとした音の振動を感じて、わたしは我《われ》にかえった。あった。笛吹きのベッドのとなり。ハープもまたクモの巣のベールをまとっていた。わたしは手ではらいのけた。ハープは美しかった。たくみに彫《ほ》られた形。なんてきれいな音！　豊かで、つつみこまれるよう。でも、いまにも止まりそうだ。もうすぐ音と音のあいだに、永久《えいきゅう》の間《ま》があくはず。呪文《じゅもん》のききめが完全になくなる。そのときに起こることを、なんとか防がなきゃ。でもどうやって？

「ああ、カスバート。どうすればいい？」わたしは眠っているカスバートの兄さんを見おろしながら声に出していった。

ところが、かえってきたのはカスバートの声じゃなかった。

「『カスバート』。まさか、おまえの口からその名前をきくとはな」

わたしはふりかえり、もうひとりの笛吹きを見た。冷たいうす笑いをうかべている。怒《いか》りをこめた目を見ひらいて。足音をきいたおぼえはないのに、こうしてこの部屋にいる。こんなにひとりぼっちだと感じたのははじめてだった。

47　笛吹きがめざめる

ペネロピー、ひとりぼっちだと感じることは、かならずしも悪いことじゃない。ひとりぼっちは習慣《しゅうかん》になる。わたしの場合、習慣になってもうずいぶんたつ。たまに客が来るのさえおっくうなのに、ずかずかはいりこまれるなんてもってのほかだ。でもそれが影《かげ》のもくろみらしい。ここ数日は、わたしのそばをはなれない。まったくうるさいやつだ！　家のなかをかぎまわっては、何か見つけてくる。ペーパーナイフ。パン切りナイフ。ほこりをかぶった緑色のびん。しかも、話しかけてくる。

「ほら、ペネロピー。これなんだ？」

「なわとびのロープじゃないか！　どこで見つけたんだい？」

「屋根裏《やねうら》。やってもいい？」

影がロープを回す。

「とんでごらんよ！」

はじめはおっかなびっくりだったけれど、影はすぐにこつをつかんだ。身が軽いのはみとめないわけにはいかない。しかも、疲れるってことがないらしい。もうまる一時間もとんでいる。

ペネロピー、おーはいり

手をにぎって！

見せてやりたい
影の国!

「おだまり、影」

「いっしょにとぼう」

「そんなおふざけにつきあうほど若くないよ。たとえできても、やるつもりはないしね」

「どうして?」

「やることがあるから。あんまり時間がないんだよ」

影は口をとがらせた。かまうもんか。影の気分まで、気にかけちゃいられない。もう少しでこの物語《ものがたり》がおわるっていうのに。まだ思いだしているところなんだから。あの危険《きけん》な一日。わたしはまだ小さくて、おどおどしてて、十一歳になったばかりだった。そして、笛吹きのおそろしい目を見つめていた。

「外のお祭りさわぎはおまえのおかげかな?」

わたしは答えなかった。笛吹きはわたしの肩《かた》をつかむと、まばたきひとつしないで、こちらをにらんだ。

「名前は?」

「ペネロピー」

「なるほど。かわいい歌姫《うたひめ》の妹だな」

返事はしない。

「ぜんぜんにてないな。姉さんのほうはきれいだ。だがおまえは……」

笛吹きはわたしのほっぺたの傷《きず》を、細長い指でさわった。

「おれのハーピーが名刺《めいし》がわりにつけた傷か」

顔をそむけようとすると、笛吹きにあごをつかまれた。顔を近づけてくる。そして、わたしの名前を口にした。ゆっくり、一字一字かみしめるように。

「ペ・ネ・ロ・ピー。カスバートがよこしたディープ・ドリーミングの使者《ししゃ》ってのはおまえか。りっぱなカスバート。勇敢《ゆうかん》なカスバート。裏切《うらぎ》り者の弟、カスバート」

ハープの音がした。ため息のようにやわらかくて、低い音。笛吹きはその音が消えるのをまってから、また口をひらいた。静かな声だけど、その下にはまぎれもない怒《いか》りがうずまいていた。

「カスバートの目的は何だ？　ハープにまた演奏《えんそう》をはじめさせる気か？」

またハープの音がきこえてきた。弱すぎて消えてしまいそう。

「カスバートは……」

「そうはさせない」

笛吹きはわたしの頭をひねってハープのほうをむかせた。

「見ろ」

ハープのいちばんふとい弦《げん》がふるえている。低く、かすかな音の振動《しんどう》を、わたしはきくのではなく、感じた。やがてハープは身ぶるいすると、だまりこんでしまった。一本ずつ、弦がパチンときれていく。

「とうとうおわったぞ！」笛吹きは勝ちほこってさけんだ。「ついにおわった！」

笛吹きはわたしをおしのけ、部屋のなかを走りまわった。ベッドからクモの巣を取りはらうと、眠っている分身《ぶんしん》を引きずりあげておどりはじめた。くるくるとめちゃめちゃなワルツをおどる。ぬいぐるみのような分身の手足が乱暴《らんぼう》にふりまわされたとき、笛が手から落ちた。長年のあいだにかわいてもろくなっていた笛は、敷石《しきいし》の床に落ちると、ふたつにわれてしまった。

笛吹きは得意《とくい》げにいった。「いいやっかいばらいができた。これからもっとでかいことをするんだ。目をさましたら、勝利をこの手につかむ。いや、世界をつかんでやる！」笛吹きはそういって分身のくちびるにキスした。すると、ふたりだった笛吹きがひとりになった。笛吹きはうれしさのあまり側転《そくてん》をして、たんすの鏡《かがみ》の前で止まった。

笛吹きは手の甲《こう》をうれしそうにつねりながらいった。「長いあいだ、まっていたんだ、ペネロピー。ずっと前から。どんなに一からやりなおしたかったか。まずは新しい服だな。このまだらの柄《がら》ともおさらばだ。もちろん、新しい仲間《なかま》も必要だ。ネズミと子どもにはあきあきだ。ネズミのほうはおまえの友だちがだいぶしまつしてくれたようだから、あとは子どもたちを片づければいい」

「やめて！」

「反対か。だがこちらにしてみれば、子どもたちのためを思ってのことだ。大きくなって、親と同じうそつきでいじわるな人間にならないようにしてやるんだからな」笛吹きはあざ笑いをうかべていった。

「まさか殺《ころ》す気じゃないでしょうね」

「ほかにどうしろっていうんだ？　もちろんかわいい歌姫はべつだ。結婚するつもりだ」

「だめ！」

「それも反対か？　残念だな。家族を結婚式《けっこんしき》に呼びたかったんだが。もっとも、こっちの家族は欠席だがね」

「アロウェイは？」

「目の見えないぼうやか？　もう用なしだな」

こぶしで思いっきりなぐってやりたい。

「どうしてそんなに残酷《ざんこく》になれるの？」

「自分に正直《しょうじき》なだけだ。それをおまえは残酷と呼び、おれは正直と呼ぶ」

「でもなぜ、わたしたちをえらんだの？」

「えらんだのは、ハーメルンのほうだ。おれを呼んだのはハーメルンだ。ハーメルンは自分が望むものを手にいれ、あいつらにふさわしいむくいを得た。いわれてみれば、どこの町でもよかったのかもしれない。欲ばりで意地汚《いじきたな》い人間が上に立つ場所なら、どこでも同じだろう。たまたまおまえの町に、ちょうどいいきっかけがあった。あのときはまだ半分眠っていたが、いまはめざめている自分の力をためしたくてしかたない」

「でも、それなら……」

笛吹きはしっしっと追いはらうしぐさをした。「だまれ、ペネロピー。時間をかせぐつもりだな。助けをまってるのか？　むだだ。おまえの仲間は、エリートのネズミたちに手を焼いてるはずだ。さっきは、矢をかわそうと必死《ひっし》になっていた。とっくに死んでいるだろうな。子どもたちも同じ運命《うんめい》だ。おまえには、べつの方法を考えてやる。何しろディープ・ドリーマーだからな。なに、たいしたことはない。おまえには特別な呪文《じゅもん》がある。どこに書いてあるかもわかっている」

笛吹きは引き出しまで歩いていき、その上においてある本のなかからいちばん厚い一冊を取りあげ、ほこりをはらった。

笛吹きは、本をぱらぱらとめくりながらいった。「ほんのひと言、ふた言となえるだけで、おまえと、眠っているもうひとりのおまえを結ぶものはすぱっと切れる。おまえの半分は夢のなかを永遠《えいえん》にさまようことになる。もう半分のおまえは、二度と目をさまさない。二度とな」

落ちつき。今こそ、それが必要だ。波ひとつないおだやかな湖をイメージする。いいアイデアが出てきますように。平らな湖面をつきやぶるみたいに。するとふいに、光る魚のようにアイデアがうかんできた。

「まって」

笛吹きが本から顔をあげた。

「なんだ?」

「もうひとつだけ」

笛吹きが氷のような笑みをむける。

「いってみろ」

「お願いがあるの」

「ほう。処刑《しょけい》前のさいごのたのみか?」笛吹きはほくそ笑んだ。

「最後にもう一度だけ、大好きなことをさせて」

「なんだ?」

「なわとび」

笛吹きはそっくり返って、げらげら笑った。

「なわとび? これはまためずらしい。ああ、いいだろう。きっかり一分やる。最後に思うぞんぶん楽しむといい」

わたしは腰《こし》からロープをほどき、部屋を横ぎり、たんすの鏡の前に立った。ロープを回す。一回、二回。やがてわたしは本格的《ほんかくてき》にとびはじめた。

48　わしは三度あらわれる

ロープが床にあたり、長年たまったほこりを舞《ま》いあげた。わたしはくしゃみをこらえながら、鏡《かがみ》にうつる自分の姿を見た。ひどいかっこう。ぼさぼさの髪《かみ》があっちこっちにはね、顔《かお》はトンネルをとおりぬけたときについた泥《どろ》だらけ。ほっぺたの傷《きず》は紫《むらさき》色にぎらぎら光っている。でも外見なんか気にしてる場合じゃない。助けを求められるとしたら、ひとりしかいない。きっとうまくいく。うまくいくはず。

鏡のなかでなわとび、左右にぴょんぴょん
鏡のなかでなわとび、花嫁《はなよめ》はだれ？
結婚式をあげるのはだれ？　お婿《むこ》さんはだれ？
ドレスを着るのはだれ？　ネクタイを結ぶのはだれ？
結婚指輪《けっこんゆびわ》を作るのはだれ？　乾杯《かんぱい》するのはだれ？
ケーキを焼くのはだれ？　進行役はだれ？
花嫁を引きわたす役はだれ？　針と糸とブローチは？
カスバート、カスバート、おーはいり！

本がドサッと床に落ちた。笛吹きがひととびでやってきて、わたしの手からロープをもぎとった。そして、わたしのほっぺたをひっぱたいた。右をぴしゃり、そして左。傷に、焼けつくような痛《いた》みが走る。

「いったいなんのまねだ？」

「カスバート！」わたしはもう一度さけんだ。そして、必死の思いで鏡をちらっと見た。わたしの声、カスバートにとどいたはず。カスバートはかならず約束《やくそく》を守って、三回わたしの前にあらわれてくれる。ところが鏡のなかに見えたのは、笛吹きの姿だけだった。またわたしをひっぱたこうとしている。わたしは両手でかわした。笛吹きはわたしの手首をつかんで自分のほうをむかせた。そしてわたしの顔を引きよせ、悪意《あくい》に満ちた言葉《ことば》を吐《は》いた。

「おまえのくだらんなわとびの呪文《じゅもん》が、ここできくと思っているのか？」

笛吹きは、またわたしを鏡のほうにむかせた。わたしのうしろにうつっているのは、怒《いか》りをたぎらせたやせぎすの男。

「どうだ？　やつが見えるか？」

わたしは首を横にふった。

笛吹きは、またわたしを自分のほうにむかせていった。「見えるはずがない。カスバートは死んだんだから」

死。あまりにきびしくあからさまな言葉に、わたしはたじろいだ。

「死んでなんかいない！　死ぬわけない！」

笛吹きはニタニタした。「いや、死んだ。まちがいない。おまえもその目で証拠《しょうこ》を見たはずだ。ハープが演奏《えんそう》をやめたときに。どんな呪文も、となえた魔術師《まじゅつし》よりも長生きすることはない。子どものころ、まっさきにそう教わった。父さんもさぞがっかりするだろう。自慢《じまん》の息子《むすこ》が、じつは自分の話をきいてなかったと知ったら」

「父さんだと？」

だれの声？　こだまする声の主は、笛吹きでも、わたしでもない。

「父さんだと？」

またきこえた。笛吹きがびくっとする。つかんでいた手がゆるみ、わたしはどさっとひざをついた。

「うそだ！」笛吹きはさけんだ。

見あげると、笛吹きが鏡の前でくぎづけになっていた。鏡の表面がぼやけ、かがやく。やがて、やさしそうな目をした、しわくちゃの顔があらわれ、おだやかでさみしそうな声がきこえた。

「父さんだと？　父さんの教えをことごとく裏切《うらぎ》ったくせに、よくもそんな呼び方ができるな」

笛吹きはおどろいてあとずさった。「カスバート！」

「おぼえていてくれてうれしいよ、兄さん。ひさしぶりだな」

「おまえは死んだはずだ！」

「だがまだ旅だってはいない。見てのとおりだ」

「ありえん」

「兄さん、兄さんこそ父さんの教えをきいていたら、ありえないという言葉はそうかんたんに使っちゃいけなかったことをおぼえてるはずだ」

「うせろ！　命令だ。おまえなどじゃまなだけだ」

「じゃまだろうとなかろうと、ここはわしの家でもある。もどってきた以上、いるつもりだ」

笛吹きは怒ってわめきちらしながら、ハープにぱっと手をのばした。怒りに力を借りた笛吹きは、大きくてかさばるハープをまるでパンきれみたいに軽々ともちあげた。そして大声で口汚《ぎたな》くののしりながら、ハープを鏡に、一回、二回、三回とたたきつけた。われた鏡から破片《はへん》がとびちり、わたしは両手で頭をおおった。思いきって顔をあげると、鏡のあった場所にカスバートが立っていた。

49　ふたたびひとつに

「解放《かいほう》してくれてありがとう、兄さん。窮屈《きゅうくつ》でしかたなかった」

カスバートはしゃがみこんでいるわたしのところまで歩いてきた。手をさしのべて、わたしを立たせてくれる。

「ペネロピー、こうしてまたじかに会えてうれしいよ、」

「来てくれるって信じてた！」

「ほんとうによくやった。ペネロピー、よくやったな」

笛吹きはこなごなになった鏡《かがみ》のかけらをけり、にがにがしく笑った。

「勝手《かって》によろこんでろ。おれはまだあきらめてはいない。このおれが、幽霊《ゆうれい》と、ディープ・ドリーミング娘にじゃまされてだまってると思うなよ！」

「兄さん、わしらだけではない。こちらには味方《みかた》がいるのをわすれたのか？」

「あのくずどものことか？　おれの家来《けらい》がしまつしてるころだ」

「へえ、そう？」入り口からききなれた声がした。

「クェンティン！　無事《ぶじ》だったのね！」

わたしはかけよってクェンティンを抱きしめた。

「ああ、クェンティン。ありがとう！」

ふわふわしたものが足首のあたりをかすった。スカリーだった。勝利のしるしに、ネズミの死骸《しがい》をくわえている。スカリーはそれを笛吹きの足もとにおくと、前足でひげをさっとぬぐってからわたしの肩《かた》にとびのった。

「むかしを思いだしたよ、グース。でもこんなに楽しかったのははじめてだ」

笛吹きは部屋《へや》を見まわし、ふたたび口をひらいた。空いばりをしていたけれど、目には不安の色がうかんでいる。

「なんともうるわしい光景《こうけい》だな、弟よ。よくこれだけ愉快《ゆかい》な連中ばかり集めたもんだ。百人力《ひゃくにんりき》じゃないか。幽霊、夢が作った娘、えたいの知れないドラゴン、しゃべる猫。じつにみごとな顔ぶれだ！」

「のどにかみついてやってもいいんだぜ」耳もとでスカリーがうなった。

「だが、カスバート、おれの子ども軍とどうやって戦うつもりだ？　おまえの連合軍《れんごうぐん》は、子どもたちの血が流れても平気でいられるかな？」

「あわれな人だな、兄さん」

「だまれ、おれは本気だ。ほんの一小節《しょうせつ》でも音楽をきかせれば、子どもたちがこの家におしよせてくる。おそいかかって、殺《ころ》す気まんまんで。なあ、ペネロピー。姉さんがおまえの子猫ちゃんを斧《おの》でまっぷたつにするところを見たいか？　ただ笛を口にあてるだけで……」

笛吹きはそこで言葉《ことば》につまった。さっきアシ笛がわれたのを思いだしたのだ。

カスバートはつづけた。「兄さん、わしはあなたのようなディープ・ドリーミングの才能《さいのう》にも恵《めぐ》まれなければ、音楽を作る才能もなかった。だが、口笛だけはわしのほうがうまかった」

カスバートはそういうと、指を口にあててかん高い音を出した。またたくまに、ユリシーズがカスバートのそばへ走りよってきた。流木《りゅうぼく》で作ったハープを口にくわえて。

笛吹きはぎょっとしたが、やがてくっくっと笑いだした。

「本気でそんなくだらないおもちゃに演奏《えんそう》させるつもりか？」

「このハープは、子どもたちをつかまえておくのに効果《こうか》てきめんだった。兄さんも、人をあやつる調べをとくと味わうがいい」

カスバートは入り口のほうをむいた。「アロウェイ、もうはいってきてもいいよ」

すると、アロウェイがはいってきた。ソフィーもいっしょだった。手をつないでいる。ソフィーはひとりでかけよってくると、わたしを腕《うで》に抱きよせた。夢を見だしてからはじめて、わたしは心おきなく泣いた。

小さな部屋が、よろこびにわきかえった。まさにそのとき、笛吹きは自由の身になるための最後のくわだてをこころみた。曲芸師《きょくげいし》のような早技《はやわざ》で空中へとんだ笛吹きは、ボールのように体をまるめ、宙《ちゅう》がえりして着地《ちゃくち》した。そして信じられないスピードで、呪文《じゅもん》が書かれた本が落ちているところへ行った。

「止めなきゃ！」クェンティンがさけんだ。ところが笛吹きは本をすでにつかんでいた。ユリシーズがすばやく笛吹きにとびかからなかったら、まったくちがう展開《てんかい》になっていただろう。

「ちくしょう！」おしたおされた笛吹きはわめいた。ユリシーズは笛吹きの手から本をもぎとった。そしてまだらの服をくわえると、笛吹きを部屋《へや》のまんなかに引きずりもどした。まるでこれから土にうめる骨みたいに。

「アロウェイ、わたしたちのために演奏してくれるね？」カスバートはいった。

アロウェイの指が弦《げん》に触《ふ》れる。岩だらけの浜でわたしがあわただしく組みたてた小さなハープから、すみきった、正確な音がなりひびいた。

「ペネロピー、みごとなできばえだ。父さんもきっと鼻が高いだろう。残念《ざんねん》ながら、この作品は見てもらえないがね。ハープはここに残しておかないといけないから」カスバートはいった。

「やめてくれーっ」笛吹きはわめいた。でもおそかった。抵抗《ていこう》できない力が、笛吹きのまぶたをおろしていく。

アロウェイの演奏はしだいにテンポをはやめ、自信にあふれてきた。名前こそ知らないけど、ききおぼえのある曲。わたしは音楽に身をゆだねた。音楽が体のなかをとおっていく。さっきおぼえたきき方だ。それ以来ずっと、そのやり方できいている。耳ではなく、体全体で。このメロディー！　どこできいたんだっけ？　あっ、そうだ。ハーメルンの子どもたちを網《あみ》でつかまえるようにつれていったときに笛吹きが吹いた曲を、鏡にうつる像《ぞう》のように逆さまにしたものだ。まったく同じ曲を、逆から演奏してるんだ。

笛吹きがぴくっとした。ゆっくりしゃべってる。あまりに弱々しいから、ひびきわたるハープの音色にさえぎられて、よくききとれない。

「カスバート。おれの兄弟」

カスバートは答えた。「そう。わしらは兄弟だ。いっしょに大きくなり、いっしょに学んだ。やがて別々の道を歩んだ。わしはずっと自分に正直《しょうじき》に生きてきた。兄さんも同じだ。だからこそ、兄さんを眠りにしばりつけておくよりほかないんだ」

カスバートの言葉がきこえたとしても、そして理解《りかい》したとしても、笛吹きはなんの反応も示さなかった。眠っていたから。きっと、弟がひざまずいてキスしたことにも気がつかなかっただろう。弟の目からこぼれた涙が、まゆの上できらめいたことも、けっして知ることはないのだろう。

50 カスバートとわたしだけになって

「ペネロピー、役目はおわったよ。いよいよ家に帰れる」

眠っている笛吹きのそばにいたのは、カスバートとわたし、それに見はりのユリシーズだけだった。ユリシーズは頭を脚《あし》の上にのせて、年老いた主人を愛情いっぱいのまなざしで見つめていた。ほかのみんなは、カスバートに外でまっているようにいわれた。ソフィーははじめ、外に出るのをいやがった。

「いやよ、カスバート。ペネロピーが心配だわ」ソフィーはいった。

「ペネロピーはだいじょうぶだ。信じてほしい」

「さあ、ソフィー」アロウェイはいって、ハープを下におろした。

ソフィーは反論《はんろん》した。「でもあなたが演奏《えんそう》をやめたら、笛吹きが目をさまして……」

「ソフィー。妹に危害《きがい》がおよぶことはない。ペネロピーにはもうひとつ、やらなければならない仕事が残っている。人が見ていないところではたさねばならないのだ」カスバートはきつくいった。ソフィーはしぶしぶアロウェイの腕《うで》を取ると、ほかのみんなと外へ出た。

「グース、まってるよ」スカリーが声をかけた。

「じきまた会えるよ、スカリーワグル。クェンティン、ドアをしめてくれ」

カスバートとわたしは、しばらくだまって立っていた。笛吹きのゆったりと規則《きそく》正しい寝息《ねいき》以外は何もきこえない。

とうとう、カスバートが口をひらいた。「ぐっすり眠っている。しばらくめざめる心配はない」

笛吹きの目が、とじたまぶたの下ですばやく動いた。もう夢を見ている。夢の世界を旅している。

「ねえカスバート、ほかに笛吹きを救《すく》う方法はないの？」

「おそらく、人が人を真《しん》に救うことはできない」

「でもカスバートはわたしを救ってくれたわ」

「きみを救ったのはきみ自身だよ、ペネロピー。それにきみは新しい才能《さいのう》を身につけた。その才能は、若いときだけしか使えないディープ・ドリーミングより、はるかにしっかりときみをささえてくれる。きみは耳しか使わない者がけっして知ることのないやり方で、きけるようになった。その才能は、大人の女性として歩みはじめたきみの役に立つことだろう」

足元に、鏡《かがみ》の破片《はへん》がとびちっていた。わたしはそのなかから大きめのものをひとつひろいあげると、自分の顔《かお》をうつしてながめた。これが大人の女性？　ぐしゃぐしゃの髪《かみ》に、泥だらけの顔。ほっぺたに長い傷《きず》。わたしは指でそっと傷をなぞった。

「ペネロピー、傷があるのはディープ・ドリーミングのなかだけだ。家までついてはいかないよ」

「でも、このままがいい。旅の記念だもの。そうすれば、この場所やここで起こったすべてをわすれないでしょう」わたしはいった。自分で自分の言葉《ことば》におどろきながら。

「本気か?」

「うん」わたしは答えた。本気でそう思っていた。

「ならそのままでいるといい。さあ、最後の仕事にとりかかろう。きみが作ったハープに演奏をさせる」

笛吹きの本が落ちているところまで歩いていくと、サンダルの下で鏡の破片がバリバリ音をたてた。本のひらいているページには、「大火事の起こし方」と書かれていた。ちらっと見るだけで、わたしはその呪文《じゅもん》を記憶に焼きつけた。この呪文と、笛吹きの要塞《ようさい》でおぼえた呪文。これでふたつの呪文を手にしたことになる。そしてもうひとつ、となえなくてはならない呪文があった。

「どこに書いてあるの、カスバート」わたしはいった。

カスバートはおわりに近いページを指さした。びっくりするほどかんたんな呪文。わたしはカスバートにいわれたとおりにとなえた。すると、わたしがたくさん作ることになるハープのうちの最初の作品が、ひとりでに演奏を開始した。美しい音色だった。とても美しかった。

「演奏はいつまでつづくの、カスバート?」

答えるカスバートは、おだやかで悲しそうなほほ笑みをうかべた。「きみの心臓《しんぞう》が動きつづけるかぎり、ハープも演奏しつづける」

「ということは、わたしが……」

カスバートは手をあげてわたしをだまらせた。

「この先きみには、長い長い人生がまちうけている。きみは役目をはたした。そろそろめざめていいころだ」

「でも、アロウェイとソフィーはどうやって帰るの？ ほかの子たちは？」

「むかしながらの方法で帰らないといけない。歩きだ」

「道がわかんないんじゃないの？」

「なんとかなるだろう、わしにはわかる。長い道のりだが、ユリシーズが案内役《あんないやく》をつとめる」

ユリシーズはくーんとないて、カスバートを見あげた。

「いかん、ユリシーズ。これからはアロウェイがおまえの主人だ。ここには、おまえができることはない。アロウェイもおまえの助けを必要としている」

ユリシーズはゆっくりと立ちあがった。そして、のびをした。最愛の人に最後にもう一度おじぎをするように。やがて背をむけると、ドアのそばへいってすわった。

「でもカスバート、カスバートはどうするの？」

カスバートはにっこりして答えた。「わしにはやることがある。幽霊《ゆうれい》がとりつくのに、ここほどうってつけの家はない。さあ、ペネロピー、ほんとうに急いだほうがいい。さらばだ。ありがとう」

そしてわたしは、カスバートにキスをした。最初で最後の幽霊とのキス。

「さようなら、カスバート」

わたしはふたりの兄弟に、そしてハープに背をむけた。ドアをあけて、ユリシーズのあとについて廊《ろう》下《か》に出て、うしろ手にドアをそっとしめた。クェンティンとスカリーがまっていた。

「グース、これでおわりだな」

「もうじきね」

ユリシーズが走りだし、玄関《げんかん》へつづく階段へと急いだ。半分ぐらいおりたところで、こちらをふりかえり、早足でもどってくる。そしてうしろ足で立ち、わたしの顔をぺろぺろなめた。クェンティンやスカリーにも同じように親しみのこもった別れのあいさつをした。スカリーはあんまりびっくりして、いつものように文句をいう冷静《れいせい》さを失ってしまった。やがてユリシーズは、最後にしっぽをひとふりすると、行ってしまった。

「やれやれ」スカリーはそういって、ひげについたよだれをぬぐった。

クェンティンはおなかの袋《ふくろ》に手をいれて、きちんと折りたたんだ元マカラスの皮を引っぱりだした。

「はい、これでふきなよ。きみにもっていてもらいたいんだ、ペネロピー。これを見て、ぼくを思いだして」

わたしはクェンティンをぎゅっと抱きしめ、涙《なみだ》をこらえた。クェンティンが派手《はで》なすすりなきをはじめたので、笛吹きの目がさめやしないかとハラハラした。

「いろいろありがとう、クェンティン。とっても勇敢《ゆうかん》だったわよ！」

「ずっといっしょにいられたらいいのに」クェンティンはおんおんないた。

「ほんとに。でもあなたはドラゴン国に住んでるし、わたしはハーメルンに住んでる。それぞれの家に帰らなきゃ」

「ときどき会ってなわとび対決できないかな？」鼻《はな》をすすりながらクェンティンがいった。

「さあ、ちょっとむずかしいかもね。実現できたら最高にうれしいけど。わたし、競争で勝つのは大好きだから」

クェンティンの涙が、熱風《ねっぷう》が家を吹きぬけたかと思うほど、たちまちかわいた。

「たしかにこの前はきみが勝った。でもぼくもあれから練習したから、もう負けないよ」

いたずらっぽい目でわたしをちらっと見てから、クェンティンはロープを手にとり、その場でとびはじめた。

ジャンプ！　ぼくはクェンティン
砂糖、こしょう、塩
これで家に帰るんだ
三回宙《ちゅう》がえりとび！

一回、二回、三回。クェンティンは宙がえりをした。そして勝利のさけび声とともに、ぱっと姿を消した。


「目立ちたがりなんだから！」わたしはさけんだ。でももう、クェンティンにはとどかない。

「さて、これでぜんぶすんだな」

「そうね」

「行こうか、グース」

「うん。用意はいい、スカリー？」

「いいとも」

わたしはなわとびのロープを手にとり、歌をうたった。

雲は嵐《あらし》に、海は泡《あわ》に
家に帰って何年たった?
はさみ、岩、紙、針、糸、ブローチ
スカリーワグル、スカリーワグル、おーはいり

こうしてわたしたちは、家に帰ってきた。それ以来ずっと、この家で暮らしてきた。

51　おしまい

親愛なるペネロピーへ
とうとうできた。おまえのハープの準備がととのった。このためにこしらえたケースも気にいってくれるとうれしい。こんな布、たぶん見たことないだろう。すごくじょうぶで、軽くて、長もちする。なんだかわかるだろうね。

「結婚《けっこん》して」

さっき影にプロポーズされた。

「結婚してよ」

「ねえ影。それでわたしは幸せになれるのかい?」

「世界一、幸せになれる」

「そうしたら、おしゃべりをやめてくれる？」

「結婚したら、おしゃべりなんか気にならない」

「わたしは百一歳だよ。結婚するには年をとりすぎてると思わないかい？」

「適齢期《てきれいき》。結婚っていうのは自分がどんな人間かわかってからすべき」

「ああ、たしかにそうだね。ねえ、影。あんたと結婚するとしたら、青紫《あおむらさき》色のドレスを着られる？」

「何でも好きな色を着ればいい、ペネロピー」

「これからペネロピーとミカがハープを受けとりに来る。そのあとで返事をするよ」

ペネロピー、おまえはじき、ここへやってくる。そうしたら、わたしはハープをわたす。そしてこの物語《ものがた》も。たぶん読みおわらないうちに、こんなうわさを耳にするだろう。わたしの身に、この家に、たくさんのハープに何が起こったのか。みんな、首を横にふってこういうだろう。「かわいそうなハーピーばあさん。とても助けられなかった。ものすごい火事だったから。家は猛烈《もうれつ》な勢いで燃えあがった。あのハープもみんな。燃えやすいものが多い家だったから。いくつだったっけ？　たしか百一歳はいっている。名前はなんていったっけ？　うーん、思いだせない。あのばあさんにはいろいろあったらしい。でもどんな話だったかわすれちまった。子どものころ、少しだけど母さんが話してくれたことがある。プルーデンス？　ペルセフォネ？　ペルセフォネって名前だったかな？　うん、たぶんそうだ。それにしてもかわいそうなハーピー」

ペネロピー、じきにおまえはやってくる。おまえが行ってしまうと、影がプロポーズの返事をききにもどってくる。心はきまっている。返事は考えてある。メロンをどうするかは最後にきめよう。実行すべきかすべきでないか。たぶんおまえは、わたしの身に起きたことを知ったら、自分の目でたしかめにくるだろう。そのとき、ぶくぶくにふとったネズミが灰のなかをうろちょろしていたら、よく観察《かんさつ》してごらん。だれだかわかるかもしれない。

さようなら、ペネロピー。幸運がおとずれるように、心からいのっているよ。しあわせに暮らせるように。長く、充実《じゅうじつ》した人生をおくれるように。そして夢をたくさん見られるように。きっとそうなるよ。あんたをひと目見たときからわかっていたんだ。

その人の名はペネロピーといった。わたしも同じ名前だ。大切なアロウェイという贈《おく》り物をくれたことを、あの人に感謝しない日は一日もない。でも同時に、あの人をうらんでもいる。贈り物はハープだけではなかったから。あの人が行ってしまうと、こんどはわたしの旅がはじまった。最初のうちは、腹が立ってあの人に質問ばかりしていた。まるであの人が自分の部屋にいるみたいに話しかけた。ときには返事をしてくれた。わたしにはあの人の声がはっきりときこえた。耳ではなく、心できいた。

「なぜわたしなの？　大むかしにあなたがはじめたことを、なぜわたしがおわらせなきゃいけないの？」

「おわらせるわけじゃない。世のなかにはおわりがないこともあるから」

「たとえば？」

「夢。善《ぜん》。悪」

「何をすればいいのか、どこへ行ったらいいのか、どうすればわかるの？　だれかがわたしを助けてくれるの？」

「これはおまえの仕事なんだよ。わたしの仕事だったようにね。すべてはそこへついたらわかる。旅の途中《とちゅう》で、仲間《なかま》をみつけるだろう。おまえの次にこの仕事をする誰にも、同じことが起こるのさ」

そして、ほんとうにそうなった。だからこそ、はっきりいえる。これからもそうなると。その人の名はペネロピーといった。百一歳だった。いまではわたしも同じ年になった。わたしはペネロピーの物語を九十年間胸《むね》にしまってきた。どういうわけか、ひとりじめするのがうれしかった。九十年。もう十分《じゅうぶん》だ。そろそろつぎの人に伝えてもいいころだ。もうじきわたし自身の話をするときが来るから。

あなたがだれであろうと、どこで読んでいようとかまわない。この物語《ものがたり》を受けとってほしい。ここに書かれた言葉《ことば》はあなたのものだ。あなたは、ひとり目のペネロピーがどこへ行ったか知っている。何をしたのかも知っている。ペネロピーのことなら、ほとんどすべて知っている。影のプロポーズにどんな返事をしたかも、想像つくだろう。メロンはどうなったかって？　知っているけど、もちろん明かすつもりはない。だれだってひとつぐらい秘密《ひみつ》を残して死んでもかまわないはずだ。そしてわたしは信じている。そうすれば、その秘密は永遠《えいえん》にその人のものになると。

訳者あとがき

ハーメルンの笛吹きにつれていかれた子どもたちは、どこにいるんだろう？　子どもが消えたハーメルンの町は、どうなってしまったんだろう？

「ハーメルンの笛吹き」伝説を知っている人ならだれでも、そんなふうに考えたことがあると思います。あのお話の元としていちばん有名なグリム兄弟の『ドイツ伝説集』では、子どもたちは町の近郊の山につくと、男もろとも消えうせたとあるだけです。実はいくつもの史料から、一二八四年六月のある日、ハーメルンの町から一三〇人もの子どもたちが失踪《しっそう》したのはほぼ史実であることがわかっています。でもその原因については、昔から、子ども十字軍説、舞踏病《ぶとうびょう》説、地震による山くずれなどの事故説、そのほかさまざまな説がとなえられていたようです（この伝説に関心のあるかたは阿部謹也著『ハーメルンの笛吹き男――伝説とその世界――』（平凡社）をお読みください）。

さて子どもたちの運命についての上のような疑問に、豊かな想像力を駆使してあっとおどろく答えを提示してくれるのが、この物語です。

語ってくれるのは、百一歳のおばあさん、ペネロピー。ペネロピーが十一歳のときに経験した冒険の旅と、現在の話がからみあいながら、物語は進行していきます。やがて、さまざまな謎がとけ、物語は想像もつかないような展開をし、幸福な結末をむかえますが、ペネロピーについてはまた別の物語がはじまるようなしかけになっています。

ハーメルンの笛吹きを追う、というだけでもわくわくしますが、この物語の最大の魅力は、ユニークな旅の仲間でしょう。皮肉っぽいけど頼りになる猫のスカリー、出世欲おうせいで心やさしいベル、すぐに気絶してしまうドラゴンのクェンティン、勇敢な犬のユリシーズ。そして、家族や友だち思いで、芯《しん》の強いペネロピー。百一歳のペネロピーの含蓄《がんちく》ある言葉にはいろいろ考えさせられますし、十一歳のペネロピーとは思わずいっしょになわとびをしたくなりました。

作者のビル・リチャードソンは、カナダのヴァンクーヴァー在住です。著作のかたわら、ラジオ番組の司会もつとめる人気ブロードキャスターでもあります。一九九三年にユーモア小説 *Bachelor Brothers' Bed and Breakfast* を出版し、ヤングアダルト向けの初作品である本書で、オンタリオ図書館協会主催の二〇〇一年度シルバーバーチ賞を受賞したほか、多数の文学賞にノミネートされました。二〇〇二年にはそうぞうしい子犬を主人公にした楽しい絵本 *Sally Dog Little* を出し、昨年はその続編も登場しています。

最後になりましたが、この本を訳すにあたっては、たくさんの方々にお世話になりました。訳稿をていねいに読みこんで的確な指示をくださった白水社の平田紀之さん、翻訳に協力してくださった中田香さん、調べものや入力作業を手つだってくださった方々、いつもすてきな本を紹介してくださるユニ・エージェンシーの桂由貴さんに、心からお礼を申しあげます。

さあ、ハーメルンの笛吹きを追いかける旅に出かけましょう！

二〇〇四年　三月

代田亜香子

装丁　岡本洋平
カバー装画　井上文香

訳者略歴
立教大学英米文学科卒
主要訳書
『ベンとふしぎな青いびん』（あかね書房）
『恋するアメリカン・ガール』（河出書房新社）
『屋根にのぼって』（白水社）
『家なき鳥』（白水社）
『天国までもう一歩』（白水社）
『みんなワッフルにのせて』（白水社）

ハーメルンの笛吹きを追え！

二〇〇四年三月二〇日 印刷
二〇〇四年四月一〇日 発行

訳者 © 代《だい》田《た》亜《あ》香《か》子《こ》
発行者 川村雅之
印刷所 株式会社 理想社
発行所 株式会社 白水社

東京都千代田区神田小川町三の二四
電話 営業部〇三(三二九一)七八一一
　　 編集部〇三(三二九一)七八二一
振替 〇〇一九〇―五―三三二二八
郵便番号一〇一―〇〇五二
http://www.hakusuisha.co.jp
乱丁・落丁本は、送料小社負担にてお取り替えいたします。

松岳社(株)青木製本所

ISBN4-560-04780-4

Printed in Japan